KB104925

일본 아동문학 탐구

– 삶을 체험하는 책읽기

일본 아동문학 탐구

- 삶을 체험하는 책읽기

김영순

채류
CHAE RYUN

이 책은 크게 3부로 구성되어 있습니다.

1부 〈현대를 돌아보는 동화 읽기〉는 한국에 번역된 일본 동화책들을 중심으로 시대적 특성에 대해, 인간에 대해, 삶에 대해 기술하였습니다. 따라서 지금 문제가 되고 있는 이지메(왕따), 학교, 학생과 교사, 자녀와 어머니, 소년소녀기의 특성이나 입시 그리고 전쟁에 대한 인식 등에 대한 이야기라 비교적 현재성을 띱니다.

2부 〈역사를 짚어 보는 동화 읽기〉는 학문적이고 전문적인 시야에서 접근하였습니다. 역사적 흐름과 맥락 속에서 일본 어린이 문학에 대해, 그리고 삶과 시대를 고찰하였습니다. 따라서 2부에 들어있는 3편은 일본 근·현대 아동문학과 일본 아동문학사 이해에 도움을 줄 것입니다.

3부 〈근대를 체험하는 동요 읽기〉는 동요를 통해 근대라는 시대와 삶을 들여다본 글입니다. 따라서 가능한 많은 동요를 소개하고자 하였습니다. 근대 동요 시인을 대표하는 기타하라 하쿠슈, 사이죠 야소, 노구치 우죠와 함께 이들 1세대 동요 시인들의 영향으로 등장한 잡지 투고독자이며 여류 동요 시인인 가네코 미스즈를 부각시켜 보았습니다. 그리고 프롤레타리아 동요와 어린이들이 쓴 자유시와 생활시 또한 근대 동요의 특질 속에 넣었습니다.

이 책에 수록된 1~3부 12편의 글들 속에서 공통적으로 이야기되는 지점은 바로 '삶'에 대한 것입니다. 근대를 산 사람들의 삶, 현대를 산 사람들의 삶, 어린이의 삶, 어른의 삶, 작가의 삶, 작품 속 등장인물들의 삶, 동식물들의 삶 등이 각각의 글 속에 반영되어 있습니다.

다 알고 있듯이 '삶'은 나 혼자만의 삶만으로는 성립되지 않습니다. 나와 타자와의 관계 속에서 내 삶 또한 생명력을 띠고 이어져 갑니다. 1부 〈현대를 돌아보는 동화 읽기〉는 '인간의 삶'이 중심이 되고 있습니다. 특히 여기서는 가정, 마을, 학교에서 펼쳐지는 소년소녀 및 주변 어른들 등 여러 인간의 삶에 주목하고 있습니다. 이 중 1부 5장 「본질을 놓친 전쟁 아동문학」은 전쟁을 경험한 어른들이 보여 주는 삶의 자세에 대해 비판적인 시각에서 접근하여 풀어 가고 있습니다. 지금에 와서 다시 읽어보면 비판적인 시각과 혈기가 앞서 절제와 균형이 부족합니다. 2부 〈역사를 짚어 보는 동화 읽기〉는 근대와 현대를 넘나들며, 그 속을 살았고 고뇌하는 여러 인간의 삶에 주목하고 있습니다. 이 중 2부 2장 미야자와 겐지의 삶과 「구스코 부도리의 전기」는 주인공 '구스코 부도리'의 삶과 작가 '미야자와 겐지'의 삶을 근대적인 특성 속에서 접목시켜 풀어 가고 있습니다. 자칫 인간중심의 '삶' 이야기가 될 뻔한 이 책이 자연계 동식물의 삶과도 연관성을 가지고 서술되는 것은 3부 〈근대를 체험하는 동요 읽기〉 덕분입니다. 3부에는 전문 동요 작가들이 쓴 동요와 어린이들이 쓴 동요·동시가 들어 있습니다. 근대를 산 이들이 쓴 동요 속에는 여러 동식물, 자연계의 모습, 그리고 그 속을 살아가는 인간의 모습이 들어 있습니다. 그 길이는 비록 산문에 비해 짧을지언정 철학적이고 상징적이며 우주적입니다. 일상 속에서 잠시

나마 발걸음을 멈추고 이들 동요들에 눈길을 준다면 저로서는 큰 기쁨이 될 것입니다.

아울러 '일본 어린이 책'이라는 틀 속에서의 사유였지만, 근본적인 면에서는 일본만의 현상이나 문제가 아닌 바로 나의 삶, 나의 문제, 내 주변 이야기라고 여겨 준다면 이 또한 제겐 기쁨일 것입니다.

마지막으로 이렇게 한 권의 책으로 나올 수 있도록 출판을 맡아 애써주신 '채륜' 사장님을 비롯한 관계자 분들께 감사를 올립니다. 그리고 보다 잘 읽힐 수 있는 문장으로 교정을 해 준 직장 동료 이영주 선생님께도 감사를 드립니다.

2014년 8월

김영순

| 차례 |

3부 근대를 체험하는 동요 읽기

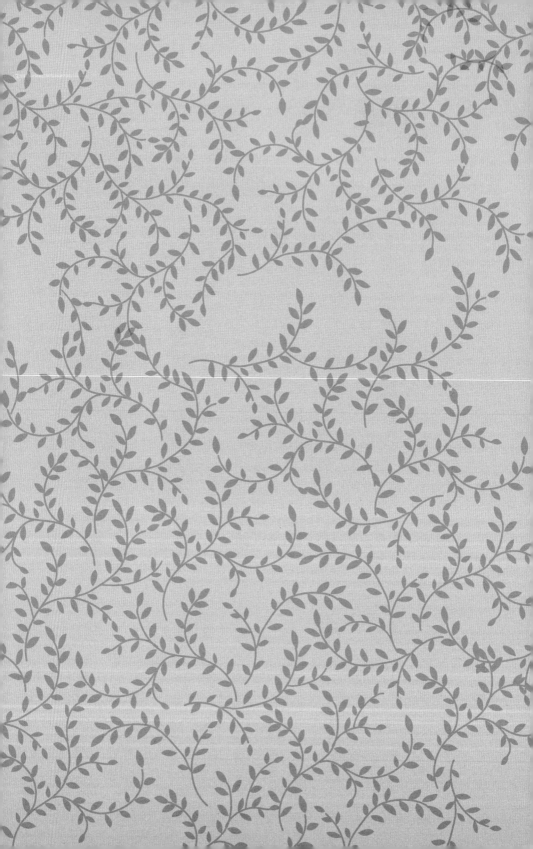

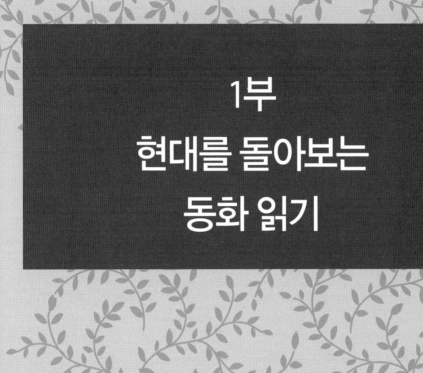

1부
현대를 돌아보는
동화 읽기

1장

학교 속의 아이와 어른

1. 전장과 일터 그리고 학교

여기서 이야기할 세 편 중 하이타니 겐지로의『나는 선생님이 좋아요』는 1974년에 일본에서 발표되었고, 다른 두 작품인 나스 마사모토의『못해도 괜찮아』와 사이토 에미의『무너진 교실』은 1990년대 후반에 쓰여졌다. 이들 세 이야기로 학교와 학생과 선생님에 대해서 풀어볼 것이지만, 역시 인간의 삶은 시대의 움직임과 밀접하게 맞물려 있으니 먼저 시대에 대한 이야기부터 시작해 볼까 한다.

6·25 한국전쟁 특수를 계기로, 일본은 1950년대 중반 무렵부터 경기가 살아나 1970년대 초까지 고도경제성장으로 이어진 점은 익히 잘 알려진 사실이다. 이 때 유행했던 표어나 슬로건을 통해 당시의 국민이나 국가가 지향하고자 하는 방향을 엿볼 수가 있다. 경제가 활기를 띠었던 이 시기의 일본에서 유행한 슬로건을 살펴보면, '선진국 진입', '경제 대국', '국민총생산증가', '따라 잡아라 앞질러라', '낳아라, 늘려라' 등을 찾을 수 있겠다.

이 중 '낳아라, 늘려라'라는 슬로건은 태평양전쟁 중인 1941년에 일본에서 유행했던 표어 '낳아라, 늘려라 나라를 위해'와 중첩된다. 미래의 군인이 될 인간병기로서의 '아이'를 낳도록 출생률 증가를 권장하는 전시와 장기적인 경제 대국 구축을 위한 미래의 일꾼으로서의 '아이' 낳기를 권장하는 고도경제성장기가 맞물린다.

그렇다면 고도경제성장기 때의 남자들의 삶은 어땠을까. 이번에는 1942년의 표어를 살펴보자. '여기도 전장이다', '힘내라, 적도 필사적이다', '오늘도 결전 내일도 결전', '핑계 댈 틈 있으면 좀 더 일' 등등. 마치 고도경제성장기 때의 외자 유치나 외국 기술 확보를 위한 경쟁사와의 필사적인 경쟁, 1960년에 실시된 '국민소득배증계획' 달성을 위해 온 몸을 다 바쳐 일하던 남성(또는 일하는 여성)들의 모습이, 그야말로 태평양전쟁 시기 때 전장으로 내몰렸던 군인들의 모습 속으로 오버랩된다.

이렇게 당시 유행했던 표어를 1940년대 전시와 고도경제성장기로 접목시키니 아이들은 마치 전장과 산업전선에 나갈 미래의 군인과 일꾼으로서 위치하는 듯하며, 1940년대 전후 일본의 학교는 그러한 아이들을 교육시키는 곳으로써 충실히 그 임무를 다했던 듯하다. 그렇다면 고도경제성장기의 학교는 어땠을까?

이 시기 교육계의 고도경제성장이라면 뭐니 뭐니 해도 학력지상주의로, 사설 학원이 1965년 즈음부터 급격하게 증가하였다. 앞서 전쟁시, 고도경제성장기를 말하며 표어, 슬로건을 가져다 썼는데 내친김에 교육에 관해 이 시기에 유행했던 '말'도 좀 살펴볼까 한다. 그런 말들을 한번 보자면, '그럴 틈이 있으면 공부해라', '헛짓 말고 공부해라', '교육마마' 등이 되겠다. 공부라는 단어를 일로 바꾸면, '그럴 틈이 있으면 일해라', '헛짓 말고 일해라'가 되겠는데, 마치 일꾼을 키우기 위해 '공부'를 강요하고 있는 듯한 느낌마저 든다. '교육마마'에 대해서라면 일본에서 1969년에 단행본으로 나온 야마나카 히사시의 『내가 나인 것』(햇살과나무꾼 옮김, 사계절, 2003)에 그 전말이 잘 묘사되어 있다(본서, '2장 소년들과 어머니 그리고 그 후' 참고).

그럼 이제 책 속 이야기로 들어가 보자.

『나는 선생님이 좋아요』(이 책의 원제목은 『토끼의 눈』이다)는 일본에서 고도경제성장기가 끝날 즈음에 발표되었다. '화사한' 표면에 감춰진 '뒷모습'은 나중에 드러날 경우가 많다. 이 이야기가 '쓰레기 처리장'을 무대로 하며 파리박사 소년이 나온 것도 왠지 의미심장하다. 이 작품은 작가 하이타니 겐지로 붐을 일으키며 베스트셀러, 밀리언셀러가 되었다. 아이들부터 어른 독자에 이르기까지 많은 이들에게 '감동', '우정', '열정', '약자에 대한 따스한 시선과 행동'을 온몸으로 보여 주며, 하이타니 겐지로는 일약 국민작가로 떠올랐다.

즉, 작품과 함께 "삶의 어두운 부분을 들춰내고 약자들의 상처를 열어젖"히며 '약자의 정의'를 실제의 삶 속에서도 실천하고자 했던 "하이타니 겐지로라는 인간에게 공감"[1]한 것이기도 한데, 이 작품이 1970년대에서 80년대에 걸쳐 베스트셀러가 될 정도로 읽힌 이유에 대해 분석한 아래 글은 여러모로 흥미롭다.

많은 사람들이 자기들이 취득한 번영이나 행복은 '진정한 것'이 '아닐지 모른다'는 막연한 불안을 품기 시작하였다. 그리고 '진정한 것'을 마음 한 구석 어딘가에서 바라고 있었다. (…) 작품이 주는 메시지를 그대로 받아들이는 것으로 '진정한 것'을 찾았다고 믿으려고 했다. 자신의 마음을 아름답게 하는 실마리라며 믿고자 했다.[2]

고도경제성장이라고 하는 외면의 발전, 부, 번영 속에서 사람들은

---

1 村中李衣, 「兎の眼」, 『児童文学の魅力-いま読む100冊・日本編』, 日本児童文学者協会, 文渓堂, 1998년, 24~25쪽.
2 위의 글.

자신들의 공허한 내면 또한 잘 채워지고 꽉 차 있다 생각하고 싶었겠지만, 겉이 화사하면 화사할수록 내면은 불신, 상처, 피곤, 불안 등으로 스멀스멀 잠식되고 있었던 것이다. 그러한 때 약자에 대한 정의를 뜨거운 열정으로 온몸으로 부딪히며, 실제 삶 속에서 실천해 가는 하이타니 겐지로의 작품은 사람들을 매혹시키기에 충분했으리라. 이처럼 고도경제성장기의 이면에는 환경 파괴, 공해 문제, 이기주의 팽배 등 우리가 눈감고자 하는, 뚜껑을 덮어 버리고자 하는 '현실'이 또한 함께했다.

하지만 1990년대에 들어서면서 '하이타니 겐지로 표' 정의와 감동과 약자에 관한 따스한 시선에 대해 의문이 제기되고 비판이 일기 시작한다. 그럼에도 불구하고 이 작품은 지금 현재에도 여전히 일본에서나 한국에서 읽히고 있는 것이 사실이지만, 70~80년대에 자신들이 꿈꾸는 모습을 투사하며 열광하던 분위기와는 사뭇 다른 모습이 90년대의 아동문학판에 형성되기 시작하는 것이다.

하이타니 겐지로의 『나는 선생님이 좋아요』와 함께 생각해 볼 나스 마사모토의 『못해도 괜찮아』와 사이토 에미의 『무너진 교실』이 발표된 시점이 바로 이 90년대이다. 이들 작품이 발표된 해인 1998년과 1999년이라면, 일본에서 70년대 중반에서 80년대 중반까지의 안정성장기를 거쳐 80년대 후반부터 90년대 초의 그 유명한 거품경기 시기가 지난 이후이다. 경기가 얼마나 거품처럼 일었는지는 일본에 있을 때 만난 지인의 말로 짐작할 수 있었는데, 퇴근할 때 충분히 걸어서 갈 수 있는 집까지의 거리를 택시를 타고 다녔다고 한다. 덧붙이면 일본은 대중교통이 워낙 잘되어 있지만 한국에 비해 택시값은 비싸다.

마침 이 시기는 내 유학 시기와도 맞물리는데 내가 이 시기에 교육과 관련해서 들은 말 중에 선명하게 기억하는 것이 'ゆとり教育(유토리교육)'이라는 말이다. 이 말이 한국에서는 '자유 교육'이라고 불리는 것 같기도 한데, 직역하면 '여유 교육'쯤이 되겠다. '여유 교육'은 일본교직원조합이 1972년에 제기하여 1980년, 1992년, 2002년에 실시되었는데, 기존의 고도경제성장기의 가득 채우는 지식중시형 교육방침에서 경험중시형 교육방침으로 전환된 걸 가리킨다. 하지만 이 여유 교육도 2006년에 실시한 학습도달조사에서 일본이 하위로 떨어지며 학력이 저하되자 2008년에 학습지도요령을 전면 개정하여 2011년부터는 '탈여유 교육'으로 방침을 바꾸어 간다.

'여유 교육'과 마찬가지로 이 때 내가 또 자주 들었던 말이 있는데 바로, 『못해도 괜찮아』(이 책의 원 제목은 『요스케 군』이다)에 그대로 나타나 있다. 따라서 『못해도 괜찮아』를 읽으면서 좀 놀랍고 이상하게 반갑기까지 했다. 그 말은, 'がんばらなくてもいいよ(감바라나쿠테모이이요)', 'がんばらなくていい(감바라나쿠테이이)', 'がんばらないで(감바라나이데)'이다. 다 같은 뜻을 지닌 말이다. 말들을 직역하면, '분발하지 않아도 된다.'라든가, '힘내지 마.'라든가, '열심히 안 해도 돼.'라든가, '너무 애쓰지 마라.'가 되겠는데, 『못해도 괜찮아』에서처럼 '못해도 괜찮아'도 같은 뜻이 되겠고, 이 책 마지막 부분에서 우리들의 지극히 평범한 주인공 요스케가 오래달리기 대회에서 "요스케, 힘내!"라는 응원에 주눅이 들어, "오직 눈앞의 땅바닥만 바라보며 달"릴 때, 어떤 여자(여자아이, 여성)의 목소리로 들린 "너무 힘내지 않아도 돼!" 역시 바로 그 말이 된다.

사실, '열심히 해', '힘내', '잘 해'는 사람과 사람이 서로에게 힘을 넣어 주고 응원해 주고 격려하는 뜻이 담겨있다. 하지만 90년대에 들어서면서 그러한 격려를 순수한 격려로 받아들이지 못할 만큼 부담으로 작용하게 하는 심리적인 '굴절' 현상이 일어난 것이다. 즉, 이러한 굴절을 일으키기까지에는 앞서 살펴본 전쟁, 부국을 향해 앞만을 보며 달려온 시기의 반동이라고도 볼 수 있겠다. 이러한 90년대이기도 하니, 뜨거운 열정과 소외 계층, 약자의 정의를 부르짖는 하이타니 겐지로의 문학은 90년대를 맞이한 이들에게는 받아들이기 버거운 너무나 '뜨거운' 요소를 지니고 있는지도 모른다.

2. 학생(아이들)

세 권의 책 표지에는 우연히도 모두 아이들의 상반신이 부각되어 그려져 있다. 책에는 여러 아이들이 나오지만 표지 그림으로 나온 데쓰조(『나는 선생님이 좋아요』), 요스케(『못해도 괜찮아』), 하루히(『무너진 교실』)를 주인공으로 보아도 될 것 같다.

가장 학교 신화를 잘 담고 있는 주인공은 역시 『나는 선생님이 좋아요』의 데쓰조이다. 도쿄에서 대학도 나오고, 서양 요리를 멋지게 한 상 차려 내고, 조선인들의 쓰라린 마음을 공감할 줄 알고, 배신하여 사람들을 죽음으로 몰아가기도 하는 등 크나큰 상처를 지닌 데쓰조의 친할아버지 '바쿠 할아버지'가 데쓰조를 변모시키는 역할을 담당할 수도 있을 거 같다. 그러나 말보다는 폭력이 먼저 나가고, 글을 쓰지 못하고, 때가 낀 데쓰조를 '파리박사'로 변화시키고 변모시키며 멋진 아이로 이끄는 것은 어디까지나 22살의 신참 여교사 고다니 후미 선생님이다. 그리고 이들이 이끌어 내는 감동은 데쓰조가 쓴 글 "나는 코가찡햇따. 사이다마신거갓따. 나는가슴찡햇따. 나는빨간놈조아고 다니선생님조아."에서 절정을 이룬다. 물론 한국은 이 감동의 장면을 놓칠 리가 없다. 그래서 이 대목에서 한국어판의 제목을 차용했다.

하이타니 겐지로의 『나는 선생님이 좋아요』는 이 밖에도 감동적인 장면이 많다. 지적장애우인 '미나코'와 그런 미나코를 하늘 같은 가슴으로 이해해 주고 받아 주는 짝꿍 '준이치'. 관청의 권유를 받아들여 쓰레기 처리장을 떠나 새로운 매립지, 새로운 학교로 이사 간 고지의 저항. 정말이지 눈물이 날 정도로 감동을 준다.

이러저러한 이유가 있겠지만 『나는 선생님이 좋아요』는 '통속성'이라는 말로 비판을 받고 있는 것도 사실이다.[3] 무턱대고 '통속성'이라든가 '대중성'이라는 속성을 부정하는 것은 아니다. 나는 그런 성향을 가진 작품이어도 아이들이나 인물의 개성이 살아 있고 그들이 이야기의 전체 맥락 속에서 주체적이고 능동적으로 행동한다면 그야말로 내 실제 삶 속으로 다가오는 감동이 있을 것이고 순수하게 받아들이기에 충분하다. 하지만 의도하지 않았더라도 아이들이 그 자신의 개성이 개성 자체로 유지되는 것이 아닌, 어떤 '메시지'를 전달하는 쪽으로 치우

3　神宮輝夫, 『現代児童文学作家対談 今江祥智, 上野瞭, 灰谷健次郎』, 偕成社, 1992년, 293쪽.

치는 통속성이라면 왠지 거북한 게 사실이다. 그러한 장면을 데쓰조가 고다니 선생님을 좋아한다고 쓴 글쓰기 장면에서 목격할 수 있다. 다른 장면이야 그래도 넘길 만한데 난 왜 그런지 이 장면만은 눈을 좀 가리고 읽게 된다. 아래에 내가 불편해 하는 장면을 옮겨 본다.

> '고다니 선생님이 좋아.' 하는 대목에서는 고다니 선생님의 목소리가 떨렸다. 갑자기 눈물이 고였다. 고다니 선생님은 참지 못하고 뒤로 돌아섰다. 한 아이가 박수를 쳤다. 그러자 여기저기서 박수가 일었다. 박수 소리는 더욱 커졌다. 아다치 선생님도 손뼉을 쳤다. 오리하시 선생님도 손뼉을 치고 있다. 모두 손뼉을 치고 있다.(278쪽)

이 장면에서 '고다니' 선생님 쪽으로 그 중심이 이동되면서 내게 각별했던 아이 데쓰조가 흐려지며 그 개성이 상실되고 만다. 결국, '선생님'의 훌륭한 지도가 부각되고 있는 것이다. 내 불편한 심정은 여기에서 기인하는 것인지도 모르겠다. 즉 데쓰조가 데쓰조로서 존재하기보다는 학교, 선생님의 노고가 부각되는 것으로 인해 "데쓰조는 고다니 선생님의 노력으로 학교가 요구하는 문명인이 되어 학교의 아이가 된다ひこ·田中."라는 견해처럼 비판을 받게 되는 이유로 작용하는 결과를 초래하고 만 것은 아닐까 싶다.

한편 90년대 작품인 『못해도 괜찮아』는 작가가 "이제까지 써 왔던 파란만장하고 손에 땀을 쥐게 하는 이야기가 아니라 아주 평범한 보통 초등학생의 지극히 평범한 일상생활을 소개하는 것입니다."라고 〈작가의 말〉에서 밝히고 있듯이 의도적으로 지극히 평범한 소년의 소소한 일상으로 그려지고 있다. 하지만 그 속에는 친구나 자신에 대한 발견이 들어 있다. 결국 그런 작은 발견들이 모이고 축적되어서 나를 알아 가고 친구를 알아 가는 것이 아닐까? 하지만 이러한 소소한 관계 속에서의 발견은 너무나 밋밋해 자칫하면 그 가치를 가치로서 알아채지 못하거나 인식하지 못할 우려 또한 안고 있는 것이 사실이다. 특히나 빨리 돌아가는 세상에서는 말이다. 하지만 역시 이 작품 또한 앞에서도 소개한 "너무 힘내지 않아도 돼!"라는 결말 부분에서는 요스케가 시대의 '메시지'를 전달하는 메신저의 역할을 하고 있는 듯이 보인다. 이 결론 부분에서 왠지 요스케 또한 데쓰조와 마찬가지로 그 개성이 희석되는 느낌을 지울 수가 없다.

같은 90년대 작품인 『무너진 교실』은 특히나 '교실', '학급' 안에서의 인간관계가 부각되고 있다. 여기에 등장하는 아이들은 데쓰조나 요스케와 같은 아이들이라기보다는 마치 지금 나의 모습 같기도 하다. 따라서 이 교실은 작은 사회의 한 모습이 된다. 그러면서 순간 생각하는 것은 장차 사회 속에서 겪게 될 여러 인간관계를 그래, 차라리 아직 규모가 작을 때 겪어 놓아도 될 것 같다는 느낌마저 들 정도다.

작가 또한 〈후기〉에서 "'빨리, 어른이 돼 버리자.' 그런 생각으로 이 작품을 썼어요."라고 밝히고 있지 않은가. 그래도 분명 아이들은 어른들의 복사판은 아닐 것이다. 분명 어른들이 생각하지 못할 여러 방식으로 문제가 해결되고 있을 것이다. 하지만 여기에 등장하는 아이들은 어른들의 복사판인 데다 결론 또한 앞서 두 작품에서 보아 왔듯 착한 어른들의 바람 그대로 해피엔딩으로 마무리된다. 어찌 보면 이 이야기 속의 아이들이야말로 어린이 시기를 향유하지 못하고, 학교를 통해 인간들(어른들)의 굴절된 사회 속에서 겪게 되는 불필요한 인간과 인간 사이에서 발생하는 '감정', '관계'에 대처하는 방법을 훈련받고 있는지도 모른다. 『나는 선생님이 좋아요』에서 데쓰조가 파리 연구로 햄 공장의 파리를 퇴치해 사회 일꾼으로서 제 역할을 훌륭히 담당하듯 말이다. 즉 90년대의 학교는 사회의 일꾼보다 이제는 이러한 굴절된 인간관계 속에서 어떻게 대처해야 할지 아이들에게 체험시키는 장소가 되었는지도 모르겠다.

3. 선생님(어른)

이분법적 사고 속에서이기는 하지만 그래도 '멋진' 선생님이 나오는 것은 『나는 선생님이 좋아요』가 아닐까 싶다. 유머러스하면서도 털털하면서도 독설가이면서도 누구보다도 '아이' 입장에서 생각하는 아다치 선생님과 부드러움 속에 강함을 지닌 고다니 후미 선생님. 내가 이분법적 사고라고 말한 까닭은 이러한 아다치 선생님 편에 속하지 않는 학교 선생님은 모두 '나쁜' 선생님으로 그려져 있기 때문에 그렇다. 더군다나 아예 90년대 두 작품 속의 선생님은 거의 '히스테리'적인 인물로만 묘사되어 있다.

하이타니 겐지로의 작품 속에 멋진 선생님이 등장하는 것은 작가 본인이 교사 출신이기 때문인지도 모른다. 내가 잘 몰라서 그렇지 개연성이 부족한 고다니 후미 선생님의 급작스런 멋진 변모보다는,『못해도 괜찮아』의 요스케 캐릭터처럼 소소한 일상 속에서 좌충우돌하면서도 그 속에서 선생님의 본분을 다하고자 하는 평범한 선생님의 모습을 그린 작품이 또 있을 것 같기도 하다.

오늘날의 교사를 볼 때, 70년대의『나는 선생님이 좋아요』에서 아이들 편에서 모든 것을 우선적으로 생각하는 열혈교사 아다치 선생님이나 모성으로 가득 찬 이해심과 포용력으로 아이들의 가능성을 살리고자 투혼하는 고다니 선생님 상보다는,『무너진 교실』의 담임선생님 사카키바라 선생님 쪽이 더 현실적인지도 모른다.

『무너진 교실』의 사카키바라 선생님은 그냥 넘어가도 좋을 일들을 그릇된 문제 해결 방식을 적용해 문제가 아닌 문제를 문제로 만들고, 아이들의 마음에 울분이 쌓이게 하고, 부정적인 기운을 조장시킨다. 이처럼 이 선생님은 결혼을 하고 나이가 들었어도 전혀 어른스럽지 못한 대처방법을 보여 준다. 즉 사카키바라 선생님 눈에는 교실 안에 존재해야만 하는 아이들이 전혀 눈에 들어와 있지 않다. 인식되어 있지 않은 것이다. 따라서 이 선생님은 쿄코가 말한 것처럼 "선생님이야말로 아무것도 모르고 있는 거라고요! 6학년 1반에 대해서도, 우리의 마음도, 하나도 모르고 있어요."와 같이 눈은 뜨고 있지만 전혀 아이들을 보고 있지 않다. 즉 자신이 정한 기준, 잣대 속에서만 아이들을 보고 있는 것이다.

루소의『에밀』을 보면 "교사는 아이에게 모든 것을 가르치지만, 자신을 인식하고 활용하는 법, 살아가는 법과 행복해지는 법은 전혀 가르치지 않는다."[4]라고 말하고 있는데, 지식은 풍부해도 교사 본인 또한 자신 스스로를 인식하고, 살아가는 방법을 몰라서 이런 문제 해결 방식밖에 취하지 못하는 것은 아닐까 하는 생각도 든다. 그래도 마지막에서 자신의 과오를 인정하고 아이들과 직면하고자 하는 모습을 보여 주는 사카키바라 선생님은 지금 현실에서는 희망적인 모습인지도 모른다.

'참사랑'을 실천하는 교사에 대해 생각하자니, 특히 한국에서 '선생님의 상'이 부각된 하이타니 겐지로의 『나는 선생님이 좋아요』는 당시 한국 상황 등과 맞물려 많은 생각거리를 제공해 준다.

〈옮긴이의 말〉에도 소개되었듯이 "나는 약한 인간이다. 그런 식으로는 살아갈 자신이 없다. 그런데도 나는 선생님이 되고 싶어 했다. 하지만 이렇게는 도저히 못할 것 같다."처럼 일본의 어느 교육대학교 예비 교사 학생들에게는 아다치 선생님이나 고다니 선생님 같은 열정적인 교사의 모습은 부담으로 작용하는 듯하다.

하지만 아이를 존중해 주고, 아이 내면에 숨겨진 가능성과 잠재능력을 발견해 주고, 아이와 같은 눈높이에서 아이들 편에 서는 아다치 선생님과 고다니 선생님 상은 1980년대 중후반 무렵이나 90년대를 전후로 한국 선생님들에게 어떤 자극이 된 것은 분명해 보인다.

한국에 이 책이 소개된 상황을 살펴보았더니, 아래와 같이 아주 많았다. 출판 연대순으로 나열해 본다.

①『선생님 울지 말아요』, 정봉화 옮김, 자유문학사, 1981

---

4 장 자크 루소, 박호성 옮김, 책세상, 2003년, 50쪽.

② 『여교사』, 정봉화 옮김, 자유문학사, 1985

③ 『나는 선생님이 좋아요』, 편집부 옮김, 남녘, 1988

④ 『파리박사 데츠조』, 문용수 옮김, 위승희 그림, 햇빛출판사, 1988

⑤ 『선생님, 선생님, 우리선생님』, 정봉화 옮김, 자유문학사, 1991

⑥ 『선생님의 눈물』, 안창미 옮김, 이난현 그림, 웅진출판, 1995

⑦ 『나는 선생님이 좋아요』, 햇살과나무꾼 옮김, 내일을 여는 책, 1996

⑧ 『파리박사』, 문용수 옮김, 햇빛출판사, 개정판, 1998

⑨ 『나는 선생님이 좋아요』, 하이타니 겐지로, 햇살과나무꾼 옮김, 윤
정주 그림, 양철북, 2002

가장 먼저 번역된 것은 『선생님 울지 말아요』(1981) 같다. 1974년에
발표되고 한국에서 1981년경에 번역 소개되었다면 당시로서는 꽤 빠
른 번역 출판에 속한다. 제목은 바뀌었어도 같은 번역자, 같은 출판사
에서 나온 『여교사』(1985), 『선생님, 선생님, 우리선생님』(1991)도 연도를
달리해서 재출판되었을 뿐 동일한 책이다. 그래도 이 책이 20여 년 사
이에 여섯 군데의 출판사에서 다른 번역으로 나온 것은 놀랄 만하다.

이 중 서점에 가서 양철북에서 햇살과나무꾼 번역으로 나온 『나는
선생님이 좋아요』를 살펴보니, 2011년 5월 30일자로 3판 11쇄가 발행
되었고, 하드커버로 2010년에 별도로 나온 애장판은 2011년 3월 15일
자로 1판 3쇄가 발행된 것에서 알 수 있듯이 한국에서는 꾸준히 읽히
고 있는 책이다.

특히나 위의 번역 리스트 중 두 개의 번역 제목만이 주인공 소년이
부각되었을 뿐, 나머지 일곱 개의 번역 제목은 모두 선생님이 강조되

었다. 아예 『선생님의 눈물』(1995)로 번역 출판된 책도 있다. 이책 뒷장 해설 "국민학교를 배경으로 하여 선생님과 학생들의 참된 사랑을 이야기하고 있습니다."[5]나, 1988년에 번역된 『파리박사 데츠조』에 실린 해설 "참된 사랑과 관심으로 버려진 아이들이 사람답게 변해 가는 모습이 바로 이 '파리박사 데츠조'의 내용이다. 교육이 얼마나 깊고 중요한 것인가 하는 것을 우리는 이 작품에서 보고 배울 수 있을 것이다."[6]란 말에서 엿볼 수 있듯이 선생님의 '참된 사랑의 교육'이 강조되어 있는 것을 알 수 있다.

이처럼 이 시기 '참사랑', '참교육'이 강조된 것은 당시 한국 쪽 교육 상황과 조응한다. 아래에 「전국교직원노동조합 창립선언문」 중에서 일부를 가져와 본다.

(…) 현재 우리 교육의 현실은 모순 그 자체이다. 일제 강점기의 민족 교육이 민족의 해방과 조국의 독립일꾼을 길러 내는 과업을 담당해야 했듯이 오늘 우리의 교육은 수십 년 군사독재를 청산하여 민주화를 이루고 분단된 조국의 통일을 앞당길 동량을 키우는 민족사적 성업을 수행해야만 한다.

그럼에도 우리 교직원은 교육의 자주성과 정치적 중립성을 유린한 독재정권의 폭압적인 강요로 인하여 집권세력의 선전대로 전락하여 국민의 올바른 교육적 요구에 부응하지 못하고 결과적으로 진실된 교육을 받고자 하는 학생들의 학습권을 침해하는 잘못을 저질러 왔다. (…)

---

5 안창미, 『선생님의 눈물』, 이난현 그림, 웅진출판, 1995년, 216~217쪽.
6 문용수, 『파리박사 데츠조』, 위승희 그림, 햇빛출판사, 1988년, 231쪽.

그 결과 우리의 교육은 학생들을 공동체적인 삶을 실천하는 주체적인 인간으로 기르는 것이 아니라 부끄럽게도 이기적이고 순응적인 인간으로 만듦으로써 민족과 역사 앞에서 제 구실을 잃어 버렸다. 가혹한 입시경쟁 교육에 찌들은 학생들은 길 잃은 어린 양처럼 헤매고 있으며, 학부모는 출세지향적인 교육으로 인해 자기 자녀만을 생각하는 편협한 가족이기주의를 강요받았다.[7]

위 선언문은 학생들이 "공동체적인 삶을 실천하는 주체적인 인간으로" 자랄 수 있도록 교사와 학생이 학교에서 주체가 되어 교실생활, 학교생활을 만들어 가길 바라는 간절한 소망이 담겨 있다. 그러면서 학교와 교사들이, 학생들에게 "진실된 교육"을 전수하기 보다는, "학생들의 학습권"을 침해하고, "가혹한 입시경쟁 교육" 속으로 학생들을 몰아가고 있음을 자성하고 있다. 이처럼 선생님이 본연의 선생님의 자세로써 올바른 권위와 참사랑으로 학생들을 대하기보다는 "이기적이고 순응적인 인간으로 만"드는 쪽으로 일조하고 있는 것은 아닌가 하는 현실에 대한 자각과, 학생을 대하는 교사들의 대응 방식에 문제가 있음을 인식하고 직시하고자 하는 자세가 담겨 있다. 내가 아직 더 살펴보지 않았고 이 부분에 대해서 과문한 탓도 있지만, 1990년 전후로 하이타니 겐지로의 『나는 선생님이 좋아요』가 여러 번역본으로 한국에 소개된 데에는 분명 당시 한국 현직 교사 선생님들의 바람이 담

---

7 「전국교직원노동조합 창립선언문」(1989년 5월 28일, 전국교직원노동조합), http://www.eduhope.net의 창립선언문 중에서. 전교조란 참교육 실현을 지향하는 교사들의 노동조합을 가리킴.

겨져 있는 것은 아닐까 생각한다.

4. 그래도 학교

'학생'이면서도 한 아이 한 아이마다의 '삶'을 각자의 개성 속에서 키워가는 곳, '선생님'이면서도 어른으로서 성장하게 되는 계기가 되는 곳, 지식과 공동체의 삶과 삶의 방식을 깨우치게 하는 곳, 그런 학교의 모습을 잠시 생각해 본다.

학교 안에서 아이들이 주체가 되어 그 숨겨진 가능성이 발견되고, 나를 알고 타인을 알아 가는 것처럼 학교 안에서 선생님들도 그렇다. 학교는 『나는 선생님이 좋아요』의 뜨거운 선생님들이나, 조금은 신경질적이지만 섬세한 감각을 지닌 선생님, 또는 『무너진 교실』에서 자신의 부족한 면을 아이들을 통해 인식하는 계기가 되어 인간적으로 성숙해 가는 선생님 등 다양한 성향을 지닌 선생님들이 공존하며 부딪히면서 살아가는 그런 현장인 것이다.

내가 일본에서의 유학 생활을 마치고, 간간히 고향집에 들를 때마다 꼭 가보고 싶은 곳이 세 군데 있었다. 모두 어린 시절 간 곳인데, 외갓집과 어머니가 잘 다니시던 산골 깊숙이에 있던 절과 그리고 초등학교(내가 다닐 당시는 국민학교)이다. 나는 이 중에 내가 혼자서도 잘 걸어 다녔던 초등학교라면 지금도 갈 수 있을 것 같아서 어린 시절 다녔던

학굣길을, 논길 위로 쌓인 엄청난 눈을 헤치고 찾아갔다. 중학교, 고등학교, 또는 유치원 등 사람마다 다 다르겠지만 지금은 폐교가 되어 노인 양호시설로 바뀐 이 초등학교를 어른이 되어서 찾아가자니, 나는 뭔가 내 근원적인 고향을 찾아가는 느낌마저 들었다. 이처럼 어린 시절을 향유한 학교는 한 아이의 내면 저 깊숙이 침잠해 있다가 어느 날 불현듯 다시 고개를 들어 한 인간의 잃어버린 내면을 회복하게 하는 힘이 되는 존재로 위치하기도 한다.

책상과 의자와 칠판이 있는 '교실'. 역시 그곳의 주인은 아이와 선생님이 하나로 모아지는 소통의 공간이니 무너지지 말았으면 하는 것이 지금 나의 바람이다.[8]

---

8 이 글은 이재복 선생님, 엄혜숙 선생님과 함께한 〈쟁점토론현장(7/16, 7/30, 8/13)〉에서 발제한 토론글이 바탕이 된 글로, 잡지 게재 시 토론을 함께한 분들의 의견을 반영하여 고치고 빼고 넣어서 일부를 수정했다.

2장

소년들과 어머니 그리고 그 후

『절뚝이의 염소』, 『내가 나인 것』, 『우리는 바다로』에 등장하는 주인공 소년들은 초등학교 5·6학년이다. 이들 작품의 주요 배경 계절인 '여름'과 더불어 소년들이 꿈틀거린다.

각각 세 편의 작가들인 나가사키 겐노스케長崎 源之助, 1924~2011, 야마나카 히사시山中恒, 1931~, 나스 마사모토那須 正幹, 1942~는 1920년대, 30년대, 40년대 출생으로 각각 10년 안팎의 터울을 둔다. 이들 세 작가의 지금까지의 작품 경향을 살피면, 경쾌한 리듬으로 어린이 독자를 강하게 의식한 대중적인 이야기로 독자를 사로잡는 작품들이 존재하는 한편, 시대와 정면으로 대면하여 그 이면을 냉철하게 직시하는 진중한 이야기를 풀어 놓는다는 공통점을 가지고 있다. 『절뚝이의 염소』, 『내가 나인 것』, 『우리는 바다로』 세 편의 이야기는 그 후자에 속한다. 그럼 바로 책 속으로 들어가 보기로 하자.

1. 절뚝이와 어머니

『절뚝이의 염소』(일본에서는 1967년 출판)의 절뚝이네 집은 정말이지 처절하게 가난하다. 돼지 도살장이 있는 절뚝이네 마을에 사는 대부분의 소년들 집도 고만고만하지만 절뚝이네의 가난은 그야말로 하루하루를 어떻게 연명할 것인가 하는 삶과의 투쟁이다.

1937년 중일전쟁 전후가 시대 배경인 빈민촌 소년들의 이 이야기는 황폐해진 매립지 안에 있는 돼지 연못을 주 무대로, 가난하지만 놀이와 모험을 즐기는 소년들과 가난과 맞서 살아가는 절뚝이의 생활을 두 축으로 하여 풀어 나간다. 빈부의 차이가 소년들 세계의 집단을 가르는 척도로 작용하고, 놀이의 세계 또한 이 두 집단이 벌이는 대결로 팽팽한 긴장감이 넘쳐나지만 작열하는 여름에 소년들은 온몸을 던져 논다.

그러는 소년들 중 유독 몸을 던져 일하는 소년이 있다. 물론 절뚝이이다. "코우네는 놀 곳이 없어지는 거지만 절뚝이한테는 먹고사는 문제가 걸려" 있음을 누구보다도 잘 알고 있기에 연못 쟁탈 싸움에 말려들어 돼지에게 줄 음식 찌꺼기를 잃을 위험에 처하자, 절뚝이는 대척 집단 소년들이 시키는 대로 무릎에 피를 흘리며 돼지처럼 땅을 기는 것도 마다하지 않는다.

남편을 사고로 잃고 홀몸으로 생계를 꾸려 가는 억척스런 절뚝이 어머니의 모습은 가히 존엄하기까지 하다. 어머니는 절뚝이에게 일을 시키고 때로 호되게 야단을 치기도 하지만, 당당히 가난에 맞서 어머니 또한 절뚝이와 마찬가지로 온몸을 바쳐 일한다. 따라서 '너희들 때문에'라든가 '너희들을 위해서'라는 문구를 가져다 자식들을 옭아매거나 희생적인 모습으로 나타나지는 않는다. 또한 도살장이 없어지고 무기 공장이 들어설 때 절뚝이의 어머니는 미련 없이 새로운 삶을 찾아 이사를 간다. 살아가기 위한 본능적인 결단이었겠지만 그 판단력과 용기가 존경스럽다.

절뚝이네 가족들에게 맏형 같은 존재인 '김 상'의 또 다른 이름은 히데키치이다. 히데키치 형의 집은 가난한 데다 그가 '조선 사람'이라는 이유로 이중의 고통을 안고 있다. 김 상이 군대에서 탈영하여 쫓기는 몸이 되고, 도살장 전무를 덮쳐 돈을 강탈해 간 흉악한 범인으로 지목되어 온 마을이 발칵 뒤집혔을 때도 절뚝이와 절뚝이 엄마는 슬픔의 구렁텅이 속에 빠진 김 상을 북돋아 일으킨다. 절뚝이네는 가난하지만 그 가난한 삶 속에는 가족이나 친구·이웃과의 감정의 공유, 서로의 아픔과 슬픔을 품어 줄 줄 아는 감각이 살아 있다.

2. 엄마라는 이름으로 대표되는 60년대의 현실

『내가 나인 것』은 1969년에 단행본으로 간행되었다. 1930년대가 무대인 『절뚝이의 염소』에서부터 시대 흐름을 살펴보면 중일전쟁, 제2차 세계대전, 태평양전쟁, 패전(우리나라로 치면 광복·해방), 한국전쟁, 베트남전쟁 등 전쟁과 사건이 이어지고, 일본은 한국전쟁의 군수특수로 인한 호경기를 맞이하며 고도경제성장기로 치닫는다. 국민을 전쟁터로 몰아가는 패전 전의 광기에 찬 국가권력은 60년대에 들어서는 회사나 국가 경제력으로 대체되고, 의무교육 세대인 학생들은 '방과 후 특별 수업', '여름방학 집중 강좌' 등의 입시 경쟁 속으로 내몰리게 된다. 패전 후 민주주의를 표방하며 어린이들의 개성을 중시한다던 교육 방침은 어느덧 '진학', '수험'이 현실 속에 굳건하게 자리를 잡으며 학생들을 관리·평가하는 시대로 전환된다. 이때부터가 학교나 사회의 움직임에 따라가지 못하는 학생들이 생겨나면서 무단으로 장기 결석을 하는 이른바 '등교 거부'의 형태로 학생들이 반기를 드는 경우가 눈에 띄게 늘어나는 시기이기도 하다.

이러한 60년대는 많은 가정이 "주거 공간만을 서로 함께 공유하고 각각 따로따로의 생활을 하던 시대"[1]로, 『내가 나인 것』은 이러한 시대가 그 배경이다.

『내가 나인 것』의 주인공 소년 히데카즈는 온몸을 던져 놀이 속에 빠져들던 『절뚝이의 염소』의 소년들과 마찬가지로 다분히 본능에 따라 움직이고 감각적인 성향을 가지고 있지만, 자신의 감각과 생각을 자유로이 펼칠 만한 기회를 좀처럼 찾지 못하고 주눅이 들어 하루하루를 보내고 있다. 그를 주눅 들게 하는 것은 현실 논리를 그 누구보다도 잘 살펴 살아가는 듯이 보이는 어머니이다. 히데카즈의 어머니 또한 사회 속에서 억척스럽게 살아가고는 있지만, 자연이 가진 본성에 따라 하루하루 먹고사는 삶에 치열했던 절뚝이의 어머니와는 다른 양태를 보인다. 우리는 난처한 상황에 처하거나 불안이나 위기에 직면했을 때 인간의 여러 모습과 대면하게 되는데 『절뚝이의 염소』의 절뚝이의 어머니와 『내가 나인 것』의 히데카즈의 어머니는 바로 여기서 극명하게 대비된다. 히데카즈의 가출로 실추된 자신의 위상에 연연하는 어머니는 그것이 아들에게 있어 얼마나 중대한 일인지, 나인이 얼마나 슬퍼할 일인지 감지하고 생각힐 여유니 틈이 어디에도 없다. 그래서 그런 어머니의 문제 해결 방식은 잔인성을 띠고, 히데카즈는 "가슴속에서 검붉은 불덩어리가 치밀어 오르는 것 같았다. 히데카즈의 표정이 달라졌다. 얼굴에 핏기가 싹 가시고 입술 색까지

1　本田和子, 『変貌する子ども世界 子どものパワーの光と影』, 中央公論新社, 1999년 7월 15일.

변해", 막말로 머리에서 뚜껑이 열리고 만다.

히데카즈의 어머니는 자신이 설정한 철로 위로 온 가족이 마냥 따라올 것만을 강요하는 가정 내 독재자로 위치한다(실제로 히데카즈를 뺀 다른 가족들은 그런 어머니를 묵묵히 따른다. 히데카즈의 여동생은 도리어 그런 어머니를 자신이 길들이고 있다며 고단수의 요령을 과시하기도 한다). 철로 위로 열차가 천년만년이고 언제까지나 아무런 이상 없이 마냥 달릴 수만은 없는 것처럼, 일이 엇나갔을 때 어머니는 자신의 위선 및 부적절한 판단을 결국은 '너희들을 위해' 자신의 모든 것을 희생했다는 식으로 표현하며 자신의 책임을 타인에게 전가한다. 그 사회가 요구하는 주류를 잘 읽어 내어 그러한 제도권 내에 무난하게 편입시키는 자녀 교육이 곧 성공적인 삶이며 능력이라고 믿어 의심치 않는 히데카즈의 어머니는 어쩌면 일반적인 대중의 모습일지도 모른다. 하지만 당시 현실 사회에 대한 비판 의식 없이 맹종하며 그에 편승하려고 애쓰고 노력하는 쪽으로 힘을 쏟다가, 어느새 가까이에 있는 가족이나 이웃과의 소통이나 기쁨과 아픔 등을 공유하고 감지하는 능력을 상실하고 말았다는 점은 알아채지 못한다. 그래서 잔인하다.

3. 가속되는 무감각의 시대와 소통의 부재

『절뚝이의 염소』에서 『내가 나인 것』을 지나 1980년에 발표된 『우리는 바다로』에서도 이러한 무감각에서 오는 잔인성은 가속화되는 것처럼 보인다. 『절뚝이의 염소』와 『우리는 바다로』는 논을 매립한 연못과 바다를 매립한 오두막집을 기지로 뗏목을 만드는 소년들의 군상이 그려진 설정은 같지만, 시대의 흐름만큼이나 판이하게 다른 전개 양상을 보여 준다. 돼지 똥 냄새나는 "시궁창 같은 연못"을 최상의 놀이터로 여기고 연못을 바다로 여기며 노는 『절뚝이의 염소』의 소년들은 그 어디에서도 찾아볼 수가 없다. 다시 말해 『우리는 바다로』에서는 입시학원이 소년들 집단을 가르는 척도가 된다. 배나 뗏목에 대한 원리를 과학적으로 계산하여 설계도를 그린 후에야 작업에 착수하는 등 아주 계산적이며 논리적이고 이성적이며 지식이 풍부하다. 따라서 『절뚝이의 염소』가 좀 질퍽질퍽했다면, 『우리는 바다로』의 세계는 건조하다.

남편을 병으로 잃은 사토시(『우리는 바다로』)의 어머니는 절뚝이(『절뚝이의 염소』)의 어머니처럼 가족의 생계를 책임지는 존재다. 하지만 사토시를 대하는 어머니의 모습은 히데카즈(『내가 나인 것』)네 어머니와 겹친다. 히데카즈의 경우는 본인이 공부를 안 하니 성적이 안 오르는 거라 어쩔 수 없는 노릇이지만, 사토시는 그렇지 않다. 사토시는 "6학년이 되어서 공부를 게을리 한 기억은 없다. 오히려 열심히 했다. 학교나 학원 숙제 말고도 틈만 나면 문제집을 풀거나 한자 연습을 했다. 아무리 노력해도 조금도 효과가 없다. 효과는커녕 공부를 하면 할수록 성적이 나빠진다." 그래서 고민이다. 공부를 하는데도, 입시 학원에 빠짐없이 다니는데도 성적이 내려가는 사토시를 향해 "사토시, 엄마는 너 때문에 열심히 살아. 회사에서 안 좋은 일이 있어도 '아아, 이게 다 사토시를 위해서야.' 생각하면서 이를 악물고 열심히 해."라며 그렇지 않아도 막막해 하고 있는 소년을 더 막다른 길로 몰아간다.

철저하게 자신의 감정을 절제하는 우등생 구니토시는 복잡한 일에 휘말리는 것을 누구보다도 싫어해 친구들의 배 만들기나 뗏목 만들기도 멀리서 관조하며 방관자 입장을 취하는데, 구니토시네 가정은 표면적으로는 유복하고 화목하다. 따라서 "구니토시는 지금까지 이 집에서 사는 게 좋았다. 아빠와 엄마한테 혼난 기억도 없고, 가족이 으르렁대며 싸운 적도 없다. 되도록 서로 간섭하지 않고 담담하게 살고 있는" 집에 대해 큰 불만이 없다. 하지만 친구의 죽음은 구니토시의 마음을 뒤흔들고 구니토시는 거의 처음으로 가족들이 자신의 "얼굴을 똑바로 보면서 진지하게 이야기를 들어 주었으면" 한다. 허나, 진지하게 대면해 주기를 바라는 구니토시의 이런 마음을 엄마나 형은 잔인하게 외면한다. 엄마는 "그럼 지금부터 셋이서 어디 놀러 갈까?"라며 타인의 아픔에 대한 공유는커녕, 간절히 대화를 바라는 가장 가까이에 있는 아들의 마음마저 읽는 눈을 상실하고 있다. 이런 어머니의 '참을 수 없는 존재의 가벼움'에 대면한 구니토시는 『내가 나인 것』의 히데카즈가 그랬던 것처럼, "다이너마이트가 폭발한 것이다. 구니토시는 곧바로 깨달았다. 마음속에 묻혀 있던 다이너마이트가 지금 폭발한 것이다."라며 역시 머리에서 뚜껑이 열리고 만다. 이렇게 되면 소년들이 선택하는 길은 자명하다.

한편, 지금까지 예로 든 소년들의 아버지는 사고로 돌아가시거나(절뚝이), 회사 일과 엄마에게 치여 맥이 빠져 쇄진해 있거나(히데카즈), 병으로 돌아가셨거나(사토시), 가장 필요로 할 때 애인 집에 있어 부재중

(구니토시)이다. 성장기 소년들에게 큰 고민이 생겼을 때 진지하게 그 고민을 들어 주고 정면에서 응해 줄 수 있는 어른이 부재하는 것이다. 특히나 『우리는 바다로』는 이 문제가 심각하다. 절뚝이에게는 가족이나 김 상이 있고, 히데카즈는 나츠요라는 여자 친구와의 소통이 있었지만, 『우리는 바다로』에서는 가족 간에도 친구 간에도 소통이 없다. 가장 필요로 할 때, 이 때다 싶을 때, 안타깝게도 아이들 가까이에 감각이나 감정을 공유하거나, 그들이 비약할 수 있는 단계에서의 성장을 위한 깊이 있는 사유를 이끌어 줄 존재가 부재한 것이다.

4. 여름이 지나고, 소년들의 그 후의 행보를 생각하다

세 이야기 속의 소년들은 놀이, 가출이기는 하지만 모험, 배 만들기와 뗏목 만들기 그리고 뗏목 조종을 통해 자신들의 에너지를 분출하고 열중할 수 있는 것을 갖게 된다. 불타는 듯한 여름 햇살처럼 소년들의 불타오르는 마음이 여름 속에서 꿈틀거린다. 하지만 여름이 지나고, 그 후 소년들이 맞이하는 앞날은 어떨지 생각해 보지 않을 수가 없다.

'비상시국'을 들먹이며, "군인 아저씨들이 목숨을 바쳐 싸우고 있단다. 그런 걸 생각하면 너희들도 놀이터가 없어지는 것쯤은 나라를 위한 일이라고 생각하고 참아야 한다."고, "상냥하게" 말하는 무기 공장 사장 앞에서 『절뚝이의 염소』의 소년들은 맥을 못 추고 물러선다. 『절뚝이의 염소』는 중일전쟁 이후 일본의 제국주의가 맹위를 떨치며 전 국민을 전쟁으로 몰아가기 직전에 이야기의 끝을 맺지만, 그 후의 이들 소년들의 행보는 만만치가 않다. 국가 권력에 의한 억압과 통제, 그리고 뒤틀림과 굴절된 정의와 맹신과 환상과 의무가 '선'의 얼굴을 가장하고 '애국 소년', '국수주의 소년'의 모습을 강요하는 일상이 그들을 기다리고 있기 때문이다.

『내가 나인 것』의 저자가 바로 그런 길을 걸은 장본인이다. 야마나카 히사시는 "저의 '어린이 시기'는 전쟁으로 점철되어 있습니다. 그리고 국가 권력이라고 하는 것이 이렇게까지 어린이에 관한 일에 참견을 하고, 어린이들을 엄격하게 관리한 시대는 없습니다."[2]라고 회상하며, "저는 전쟁 하의 제 어린 시절을 떠올릴 때마다 저 자신이 뛰어난 전쟁 협력자였으며 작은 특전대원이었습니다. 즉 피해자가 아니었음을 자각하지 않을 수 없습니다."[3]라고 말한다.『절뚝이의 염소』의 소년들이 앞으로 걸었으리라 싶은 그런 전시 치하를 실제로 야마나카 히사시가 보낸 셈이 된다.

가출한 곳에서 만난 또래 소녀 나츠요와의 교류를 계기로, 어머니를 부정하거나 회피하기보다는 그런 어머니와 정면에서 부딪히며 함께 살아가는 방향으로 마음을 굳게 다지는『내가 나인 것』의 히데카즈의 행보 역시 순탄치가 않다. 한순간 실수에 화재로 집을 날리고 옆집으로 피해 누워 있는 어머니, 그 어머니를 마중 가며 "엄마는 내 얼굴 따위 보기 싫을지도 몰라. …… 하지만 나는 이 얼굴을 보여 주겠

2　山中恒,『子どもの本のねがい』, 日本放送出版協会, 1974년 4월 20일.
3　山中恒,『児童読物よ、よみがえれ』, 晶文社, 1978년 10월 25일.

어. 엄마는 나를 때릴지도 몰라. …… 하지만 나는 피하지 않을 거야. 누가 뭐래도 나는 엄마의 아들이라는 것을 이해시키겠어. 그리고 나는 나라는 것도 알려 주겠어!"라고 히데카즈가 단단히 각오하고 있어도 말이다. 그것은 평야지대에서 내 논에만 농약을 치지 않고 벼농사를 짓는 것만큼이나 힘이 드는 행보일지도 모른다. 그 가까운 일례로 『내가 나인 것』으로부터 11년 뒤에 출판된 『우리는 바다로』의 소년들의 모습이 그걸 말해주고 있는 것 같기도 하다.

위선과 위장으로 치장되고, 타인의 아픔에 대한 무감각이 자행되는 잔인한 일상과 그런 일상에 편입되어 가는 자신들의 모습에서 벗어나기 위해 바다로 떠난 『우리는 바다로』의 소년들은 한 달이 되도록 되돌아오지 않는다. 즉 『우리는 바다로』는 소년들을 바다로 보내고 이야기의 끝을 맺는다. "1980년에 영국 작가들 40여 명과 만나 이야기를 나누며 든 생각은 미국이든, 영국이든 어린이들 주변 상황은 갈수록 심각하다는 점입니다. (…) 그것을 리얼하게 좇다 보면 결국은 결론이 없는 이야기가 점점 생겨 나옵니다."[4]라는 진구 테루오의 말처럼 『우리는 바다로』의 결론 또한 결국 독자들의 상상에 맡겨진다. 여기서 불현듯 서양에 대한 추종, 산업화, 물질만능과 공리주의가 팽배했던 1900년대 일본의 근대가 보여 주는 병적인 모습을 리얼하게 그려 낸 나쓰메 소세키의 소설 『소레카라(그 후)』의 결말 또한 독자에게 맡겨진 점을 기억 속에서 떠올려 본다. 소세키의 소설은 아예 제목 자체가 "그 후"이다. 『소레카라』의 주인공의 "그 후"와 『우리는 바다로』의 "그 후"

---

4 神宮輝夫, 『現代児童文学作家対談6 いぬいとみこ·神沢利子·松谷みよ子』, 偕成社, 1990년 1월.

는 어딘가 닮아 있다. 이처럼 주인공들을 궁지로 내몰고 "그 후"를 우려하게 하는 현실은 근대 이후 현대에 이르도록 일본 안에 지속되고 있는 것처럼 보인다. 그래도 이 세 작품의 소년들은 오랫동안 바깥세상과 단절하고 안으로 숨어들어 '히키코모리'가 되거나, 자신들의 울분, 숨 막힘, 분통 따위를 가족이나 타인 등에게 폭력적인 방법으로 밖으로 분출하는 극단적인 선택을 하기보다는, 그것을 스스로 극복하고자 하는 의지가 보인다. 따라서 80년 이후의 "그 후"가 더 암담한지도 모른다.

현실이 힘든 것은 오늘내일의 일이 아니다. 인간 세상이 생겨나면서부터 삶은 힘들었다. 그 힘든 세상을 우리는 그저 힘닿는 대로 살아갈 뿐이다. 문제는 자연의 순리나 나의 상처나 아픔이 있는 것처럼 타인의 아픔을 감지하거나 발생할지도 모른다고 하는 제반 문제에 대한 무지각, 무감각, 가속화되는 위선에 있다. 그리고 이러한 것이 원인이 되어 결국은 가장 가까이에 있는 가족들을 옭아매고 몰아갈 수도 있는 것에 대한 대처 능력이나 상상력의 부재나 위기감의 결여다.

소년들의 나이가 5~6학년으로 설정된 것은 여러모로 시사하는 바가 크다. 아버지를 대신하여 가정 내에서 어른의 몫을 해내며 어머니가 기댈 수 있는 힘이 되기도 하고(절뚝이), 무계획적이고 충동적인 일면을 보이기도 하며(히데카즈), 어른 못지않은 실력으로 뗏목이나 배를 만들어 직접 항해까지 하는 소년들(『우리는 바다로』). 어른들에게는 비밀로 하는 놀이에 빠지고 모험을 즐기고, 부모에게 반발을 하거나 가출을 하는 소년들. 부모 형제에 대한 애정과 책임감을 내보이는가 하면 불의나 위선에 대해 강한 반발심을 드러내는 소년들. 불의에 맞서는 용기와 어린이다운 순수성을 지니고 있으면서도 어른 같은 일면을 드러내는 소년들. 이러한 양가성과 모순을 띠는 연령대의 소년들이 주인공인 리얼리즘 이야기가 공통적으로 그려진 것은 결코 우연이 아닐 것이다.

빈부의 차이에 의한 선악 구조 형태를 띠는 『절뚝이의 염소』, 가출을 통한 성장으로 이야기를 풀어 간 『내가 나인 것』, 소년들의 성향=가정환경이란 묘사로 이끌고 간 『우리는 바다로』. 이 세 작품의 이 같은 점은 기존의 아동문학작품 성향에서 탈피하지 못하는 전형성을 띠는 스테레오타입이라는 등 몇 가지 아쉬움을 주지만, 이들 세 작품이 우리 어른들에게 던져 주는 메시지나 '경각심'은 기억할 만하다. 이 점이 또한 어린이에서 어른까지의 독자를 수용하는 폭넓은 어린이 문학의 특성임은 두말할 필요도 없겠다.

3장

리얼리즘 탐구

1. 이 책들이다, 그럼 가 본다

일본에서 요 10여 년 사이에 출간되어 최근 들어 한국에 번역 소개된 책들을 읽었다. 모두 '사실주의 동화'다. 현재를 살아가는 아이들의 모습을 포착한 7편의 '리얼리즘' 작품이다. 그리고 모두 초등학교 5~6학년 고학년 아이들이 주인공으로 등장하는 이야기이다.

먼저 세 작품. 같은 반 소년소녀들의 첫 경험이 연작형태로 그려진 『처음 자전거를 훔친 날』, 엄마와의 관계, 자괴감, 따돌림 등을 우정으로 풀어가는 『아슬아슬 삼총사』, 따돌림당하는 반 친구와의 관계를 다룬 『오렌지 소스』.

그리고 나머지 네 작품. 가출을 통한 성장 이야기 『(4일간의 성장 여행) 가출할 거야!』, 따돌림, 차별, 소외감, 장애, 주변사람들의 관계가 표현된 단편집 『거짓말이 가득』, 선생님과 다양한 성향을 가진 여자아이들의 심리가 '왕따'와 자존감의 문제 속에서 펼쳐지는 『무너진 교실』, 여자아이들의 우정이 잔잔하면서도 섬세하게 표현된 『에이 바보』.

이들 작품들이 이끄는 데로, 최근 경향이나 특징에 대해서 내 생각이 다다르는 곳만큼 가볼 생각이다.

2. 먼저 번역, 삽화, 편집에서 든 이 생각 저 생각

지금부터 다룰 일곱 편의 책들은 모두 2005년 이후에 한국으로 번역 수용되었다. 부분 부분 걸리는 곳은 없지 않으나 너무나 일본색이 드러난 것도 아닌, 그렇다고 해서 너무나 한국 독자를 의식해 무리한 것도 아닌 적당한 선이 유지되며 우리말로 옮겨져 읽기 편하다. 책을 선별하고 번역한 번역가들의 안목과 실력이 보통이 아니다.

이 책들의 일러스트(삽화)는 모두 우리나라 사람들이 그렸다. 마을, 길거리가 주 무대인 『가출할 거야!』나 일본 여름 마을 축제가 언급되는 『아슬아슬 삼총사』가 일본색을 드러낸 일러스트라면, 그 밖의 작품은 무난하게, 적절하게 또는 어떤 한 특정 지역이나 나라가 아닌 그 어디에나 존재하는 보편적인 무대나 인물로 그려져 있어, 일러스트만 보아서는 일본 이야기인지 한국 이야기인지 모를 정도다. 검은색을 배경으로 차분하게 앞을 직시하고 있는 여자 주인공 중 한 명인 '하루히'의 모습이 그려진 『무너진 교실』의 일러스트는 등장인물들의 심리 및 표정, 구성, 색감 처리가 남다르다.

일본색이 많이 드러난 『가출할 거야!』의 앞부분 삽화에는 가족들이 식탁에 둘러앉아 있는 모습(11쪽)이 그려져 있다. 이렇게 식구들이 모여 앉아 있는 식사 장면은 마지막 부분에서 펼침면 한 장으로 크게 부각되어 다시 등장한다(146~147쪽). 여기서 젓가락과 숟가락이 놓여 있는 장면이 날 즐겁게 한다.

우리나라는 상에 수저를 놓을 때 오른쪽 옆에 세로로 놓는다. 하지만 일본은 앞에 가로로 놓는다. 몸으로 익힌 기억은 실로 정직해서 내가 일본에서 살 때 이 수저 놓는 것만큼은 의식(일본식)대로 되지 않았다. 즉 나는 일본에서 거의 은연중에 수저를 놓을 때는 세로가 되었던 것이다. 그리고 굳이 내가 살던 집에서는 그러지도 않았지만 일본 친구나 지인 집에서 식사할 때 내 바로 앞에 가로로 놓인 수저를 집어들 때마다 느낀 그 묘한 기분은 잊혀지지 않는다. 수저가 놓인 위치를 통해 내 정체성을 확인했다고나 할까, 뭐 그런 기분이 들었는데,『가출할 거야!』의 위 두 장면에 그려진 옆으로 세로로 놓인 수저를 보니 감회가 새롭다. 일본 사람이 쓴 책이지만 한국 일러스트레이터도 삽화를 그리면서 나와 같은 한국의 풍습이 몸에 배인 무의식적인 표현이 보여서 말이다. 특히나 이 책은 다른 책들에 비해 일본어로 된 간판이나 문양 등이 자주 등장해 일본이 무대임이 의도되거나 의식되어 그려져 있기도 한데, 이렇게 은연중에 드러나는 이미지를 발견했을 때는 색다른 즐거움이 있다.

수저의 이미지로 이렇게 한국을 발견하게 되는 경우도 있는데, 외국에서 출간된 책이 우리말로 옮겨져 편집되어 출판되는 그 과정에도 자연 지금 우리들의 모습이 그 속에 반영되기 마련이다.『처음 자전거를 훔친 날』에서 그 모습을 발견할 수 있다.『처음 자전거를 훔친 날』의 맨 뒷장 서지를 보면 "YOTTSU NO HAJIMETE NO MONOGATARI"란 일본어 원제 정보가 들어 있다. 이를 우리말로 직역하면, "네 개의 첫 이야기"가 된다. 네 개의 이야기란 「처음 산 브래지어-아야코의 이야기」, 「처음 오빠를 만난 날-마리나의 이야기」, 「처음 자전거를 훔친 날-쇼고의 이야기」, 「처음 가진 '우리들의 집'-료헤이의 이야기」를 말한다. 이 중에 한국판은 네 이야기 중 하나인 「처음 자전거를 훔친 날-쇼고의 이야기」를 채택하여 『처음 자전거를 훔친 날』을 책 제목으로 가져오고, 표지 그림 또한 이 이야기의 한 장면으로 표현되었다.

그렇다면 「처음 자전거를 훔친 날」의 내용을 좀 살펴보아야 할 것 같다. 이 이야기는 6학년이 된 두 소년 쇼고와 유스케가 일요일 오후에 자전거를 훔쳐 '산책 길 맨 끝까지' 타고 가, 사하라사막을 자전거로 여행하는 꿈 이야기를 나누고, 훔친 자전거를 원래 위치에 다시 돌려놓은 뒤 세워둔 자신들의 자전거를 타고 각자 집으로 돌아간다는 이야기이다. 되풀이되는 일상의 '짜증'이나 작은 '울분', 변성기 등의 몸의 변화로 인해 찾아온 심한 감정의 기폭과 본인이나 친구 또한 이해하기 힘든 과격한 행동으로의 분출. 그래서, "유스케와는 단짝이다. 1학년 때부터 친했고. 하지만 요즘은 가끔씩 그 유스케의 기분을 알 수가 없다."라든가, "역시 유스케의 마음은 알 수가 없다고 생각하면서 쇼고는 자전거 안장에 앉았다. '가이아 파이터즈'는 재미있는 애니메이션인 건 분명하다. 하지만 조금 전에 꿈을, 자신의 꿈을 이야기하는가 싶더니……"처럼 그 가장 친한 친구인 쇼고도 도통 헤아릴 수 없는, 어디로 튈지 모르는 그런 행동을 가끔 보인다. 네 편의 '첫 이야기' 중에서도 가장 민감한, 그래서 어려운 이야기다.

앞서 언급했다시피, 그럼에도 불구하고 우리나라 번역판은 이 이야기를 표제로 선택하고 표지 그림으로 실으면서, 사춘기 소년의 몸에 도래한 이 '알 수 없음'을, '낭만'으로 표현하고 있다. 표지 그림 속의 두 소년은 곧게 뻗은 가로수 길 내리막을 힘차게 몰아 해방감에 젖어있는 듯이 보인다. 소년들에게 '해방감', '낭만', '꿈'을 전하고자 하는 메시지도 물론 소중하지만, 그것이 내면으로의 탐색이나 탐구 없이 피상적인 모습으로 밖으로만 표출될 때는 역시 문제가 된다. 내가 봤을 때 이 책은 '낭만'보다는 사춘기 소녀, 소년들에게 도래한 몸의 변화와 그에 따른 정신과 내면의 성장과 변화 쪽에 더 비중이 가는 이야기이기 때문이다. 따라서 이런 이야기일수록 진지하면서도 신중한 선택이 요구된다. 다시 되풀이하지만, 한 이야기 속에서 무엇을 선택하여 편집하는가에 따라 '지금의 나' 또는 '지금의 우리' 상황이 드러난다. 그런 면에서 이 책의 제목과 표지 그림을 통해서 알 수 있는 것은 지금 우리의 상황이 '무거움'보다는 '가벼움'을 더 선호한다는 점이다. 하지만 이러한 경향은 한국뿐만 아니라 일본도 마찬가지인 듯하다.

3. 내면으로의 탐색, 그 기회를 놓치다

그래서 『처음 자전거를 훔친 날』을 더 살펴볼까 한다. '처음'이라는 낱말에서 일본 그림책 작가 하야시 아키코의 『이슬이의 첫 심부름』(1991, 한림출판사)이 생각난다. 혼자서 처음으로 우유를 사러 가면서 이슬이가 겪는 불안과 두려움과 극복, 그리고 집 앞에 서 있는 엄마에게로 달려갔을 때의 기쁨이 생각난다. 무엇이 되었건 처음 해 보는 것에는 너무나도 많은 여러 감정과 용기가 따른다. 때로는 그 처음이 내 상처가 되기도 하고, 내 성장이 되기도 한다.

『처음 자전거를 훔친 날』에는 소년소녀에게 찾아온몸의 변화, 새로운 사실과의 조우와 만남, 해방감과 모험 등 고학년 소년소녀들에게 지금 도래한 그런 '첫' 경험들이 그려져 있다. 이 중 앞에서도 언급했듯이 「처음 자전거를 훔친 날」은 자전거를 처음으로 훔친 것이 제목으로는 되어 있지만 그 숨은 주제는 몸에 일어나는 크나큰 변화에 직면한 소년에 대한 이야기이다. 또한 「처음 산 브래지어」는 소녀에게 도래한 몸의 변화가 그려져 있다. 이 두 작품 말고도 「처음 오빠를 만난 날」 또한 숨겨진 오빠의 등장으로 인해 아버지의 과거를, 그로 인해 자신들의 과거를 되돌아보게 하고, 「처음 가진 '우리들의 집'」 역시 우리들만의 '집'이라고 하는 비밀기지 같은 '집'을 통해 소년들이 내면으로의 탐험을 떠나는 숨은 주제를 담고 있다.

어머니 뱃속에서 태어나 기기 시작하고, 첫 발을 떼어 걸음마를 하는가 싶더니 어느새 뛰어다니고, 뭐든 타고 올라가며 앞으로 앞으로 나아가는, 그런 유아기 때의 성장. 그때는 밖을 향해 나아가고자 자연스럽게 몸이 첫 경험들을 유도하였다면, 여기에 등장하는 고학년 아이들 몸에 찾아온 변화는 그들에게 내면세계를 들여다볼 것을 유도한다. 생리가 시작되고, 가슴이 올라오고, 변성기가 시작되고, 갑자기 키가 크거나 하는 몸의 변화. 내가 다시 한 번 '변화'를 겪는 시기. 자신의 몸을 계기로 철학적인 사유와 정신적인 성장을 기대할 수 있는 그런 과도기. 하지만 이 책은 몸이 변화하는 소년소녀들을 내면으로의 탐구나 사유로 이끌기보다는, 딸의 첫 경험을 무신경으로 대응하는 엄마와의 관계 즉 외적관계로 풀거나(「처음 산 브래지어」), 자전거를 훔치는 것으로 해결한다. 다시 말해 내면으로의 탐구가 보이질 않는다.

이러한 서술 방식은 「처음 가진 '우리들의 집'」에서도 마찬가지로 표출된다. 즉 소년들이 열광하는 집은 이미 누군가가 갖추어 놓은 집, 우연히 비어 있는 집, 언제 부서질지도 모르는 집, 남이 마련한 집이다. 자신들이 구축하고 자신들이 세운 그런 집이 아니다. 너무나 피상적이다.

이처럼 이 책은 아주 중요한 문제를 포착하여 다루고 있으면서도 정작 성장으로 이어지는 소년소녀들의 내면을 그려 내지 못하고 있다. 물론 어려운 문제이지만 이 점이 안타깝다.

4. 좋은 친구, 그리고 그 뒤로 가려지는 것

2010년 11월 일본아동문학학회에 다녀왔다. 토론회에서 만난 일본의 평론가 두 분이 지금의 일본 아동문학은 리얼리즘 작품이건 청소년문학이건 아이들의 모습을 객관적으로 그리고 있는 듯이 보이지만 실은 '내면을 파고들지 않는다.'라고 한다.

그러한 대표적인 모습을 『아슬아슬 삼총사』와 『오렌지 소스』에서 엿볼 수 있다. 『아슬아슬 삼총사』는 아주 재미있게 읽히는 책이다. 이 이야기는 자존감이 전혀 없는 고타나라는 여자 아이가 너무나도 건강한 두 친구와의 만남과 관계를 통해 자신감을 회복해 가는 '우정'이 주제이다. 하지만 이것은 겉으로 드러난 주제이다. 이야기 저 밑바닥에 감추어진 '근원적인 주제'는 사실 '엄마와 딸'의 이야기이다. 이 이야기 속에서 중요한 존재가 되는 엄마에 대한 언급에는 이미 이재복의 다음과 같은 지적이 있다.

『아슬아슬 삼총사』에서 주인공으로 나오는 고타니의 엄마는 매우 흥미로운 인물이다. 신자유주의를 바탕으로 하는 자본주의 경제는 끊임없이 개인의 성장을 강조하는 지배논리를 내면에 담고 있다. 이런 신자유주의 지배 논리를 자기 철학으로 삼고 있는 학자인 고타니의 엄마는 '외면으로는 성공한 사람이지만, 내면으로는 매우 공허한 사람'의 한 단면을 보여 주고 있다. (…) 과연 이 작품을 끝까지 읽고 났을 때, 고타니 엄마는 어떻게 이 작품에서 풍자의 대상이 되어 지금 우리가 고통을 겪고 있는 삶의 문제에 대한 탐구를 제공하는 문학 속의 상징적인 인물이 되었는가 하는 점에서는 거의 답을 찾을 수가 없다. 이 점에서는 이 작품이 갖고 있는 역설적인 묘한 이중의 가능성과 한계가 보인다. 모든 작품이 그렇듯이 이 작품은 상당히 미묘한 관심을 불러일으키는 힘이 있다.[1]

'고타니와 엄마의 관계'는 어쩌면 숨은 주제라고도 할 수 있겠다. 또한 달리 표현해 심리학 용어로 '페르소나(가면)' 뒤에 숨겨진 주제가 될지도 모르겠다. 하지만 이 이야기에서 고타니의 엄마는 한 번도 직접적으로 등장하지 않는다. 모두 고타니의 회상 속으로만 등장한다. 하지만 고타니가 자신감을 상실하고 자존감을 갖지 못하는 것의 근원에

---

1 이야기밥(이재복), 「『아슬아슬 삼총사』(하나가타 미쓰루, 사계절)를 읽고」, 〈다음 카페 이야기밥〉, http://cafe.daum.net/iyagibob, 2010년 3월 23일.

는 역시 엄마와의 관계가 그림자처럼 드리워져 있다. 고타니는 한때 사야카라는 친구가 시키는 대로 선물 가게에서 머리핀을 훔친 적이 있었는데 그 사실이 밝혀지는 장면이 나온다.

그때 나는 지금보다 훨씬 더 어수룩했기 때문에 도둑질이 어떤 건지 잘 모르고 있었다. 훔치는 것보다 친구가 없어지는 게 더 무서웠다. 그때 나는 의지할 사람이 사야카밖에 없었다.(147쪽) 내 마음은 미움받기 싫다는 생각으로 가득 찼다. 시노와 앨리사에게만은 미움받고 싶지 않았다. (…) 게다가 그 사실이 이렇게 폭로되어 버린 애는 시노와 앨리사한테 버림받을 게 틀림없다.(158쪽)

'친구가 없어지는 것'이 무섭고, 친구들에게 '미움받고' '버림받을'지도 모른다는 이러한 고타니가 가진 두려움의 근원지는 엄마와의 관계로 거슬러 올라갈 수 있다.

무서웠다. 너무 무서웠다. 경찰보다도 감옥보다도, 엄마에게 알려지는 게 더 무서웠다.
"엄마는 이런 나를 어떻게 생각할까? 엄만, 이렇게 바보 같은 애는 필요 없다고 생각할까? 초등학교 시험에도 떨어지고, 도둑질까지 하고, 그런 애는 필요 없다고……."
그게 무서워서 나는 울었다.
(…)
그때 내 마음속엔 오로지 엄마한테 미움받고 싶지 않고, 엄마한테 버림받기 싫다는 생각뿐이었다. 내 잘못이 아니다. 내가 나쁜 게 아니다. 다 사야카 때문이다.

(…)

엄마는 변명하는 걸 싫어한다. 잔꾀를 부리거나 거짓말하는 것도 싫어한다. 엄마는 정직하고 완벽한 사람이다.(150~151쪽)

"엄마한테 미움받고 싶지 않고, 엄마한테 버림받기 싫다는 생각"이란 문장에서 알 수 있는 것처럼, 이 소녀의 자존감 상실의 근원지를 그 누구도 아닌 바로 엄마와의 관계에서 찾을 수 있는데, 정말이지 이 이야기 속에서는 엄마와의 직접적인 부딪힘이 단 한 번도 그려지지 않는다. 이처럼 엄마와의 대면은 기피되고 그 대신에 시노나 앨리사나 사와무라 같은 '좋은 애들'의 등장으로 위안, 위로, 치유되어 이야기는 끝을 맺는다. 역시나 『처음 자전거를 훔친 날』에서도 언급했듯이 문제 해결 방식을 자신들의 내면을 돌아보는 것이 아닌 '우정'이라고 하는 외부에 두고 있다. 『아슬아슬 삼총사』는 이처럼 근본적인 문제 제기를 하고 있음에도 결국에는 '내면으로 파고들지 않는다.'

한편 이러한 엄마와 고타니와의 관계는 지금 현재 일본에서 익히 찾아볼 수 있는 모습 그대로를 대변하고 있는지도 모른다. 그렇다고 해도 그것이 지금 '리얼한' 모습이니까, 이 모습을 '리얼하게' 표현한 것이라고 거기서 멈출 것이 아니라, 힘이 들고 노력이 들더라도 좀 더 '집요하게' 파고들었으면 하는 바람이 있다. 즉 표상적인 '리얼'과 함께 근원적인 '리얼' 또한 그려 주었으면 싶은 것이다. 그것은 부모와 아이 관계는 그렇게 간단하게 그만둘 것이 아닌 모든 인간관계의 근원에 해당하는 관계이기 때문이다.

물론 내부에서 해결이 안 되니 외부에 그 해결책을 가져가며, '좋은 게 좋은 거지', '위로', '위안', '치유', '공감', '우리 서로 상처를 보듬기' 등은 그 낱말들의 일차적인 뜻이 내포하고 있듯이, 아주 따뜻한 말들이고 미덕이기도 하고 정말 좋은 것들이기는 하지만, 그것이 표상으로만 표현되고 '땜질'로만 쓰일 때는 한계가 온다. 즉 내가 성장의 기로에 서 있을 때, 내가 간절하게 변화를 원할 때 그때는 정면 돌파를 하거나, 피를 흘릴 각오를 때로는 해야 한다. 여기 7편에 나오는 고학년 아이들이 바로 그런 '첫' 시기가 아니고 그 언제란 말인가. 이러한 '때'는 인생에서 그렇게 쉽게 찾아오지 않는다.

이처럼 '사이좋은 친구', '좋은 친구', '우정'으로 이야기를 풀어 가고 그것을 해결점으로 찾는 것은, 얼핏 모든 일들이 잘 무마된 것처럼 보일지라도 실은 근본적인 문제에 대한 탐구를 방치한 결과가 되거나 직면할 수 있는 기회를 놓치는 결과를 초래한다.

거기에 더해 자칫 잘못하면 내 안에 있는 역동적인 힘, 새로운 가능성, 잠재적인 능력까지 가리는 결과를 초래한다. 『오렌지 소스』가 바로 그렇다. 말 한 번 잘못한 결과로 '오렌지 소스'로 따돌림을 당하는 유리는 이어달리기에서 마지막 주자로 뽑힐 만큼 달리기를 잘한다. 하지만 오해가 생겨나고 그 오해는 풀릴 조짐조차 안 보인다. 그래서 아이들이 자신을 '오렌지 소스'라고 놀리면, 유리는 '이지메'를 다룬 여느 이야기 속에서 자주 목격할 수 있는 표현인 '돌'이 되는 방법으로 상황을 대처하려고 한다.

"저기, 유리야, 학교에서도 지금처럼 이야기하면 될 거야."

미사키가 되풀이했다.

"하지만…… 무서워."

유리가 나직이 중얼거렸다.

"무서워?"

"응, 또 이상한 말을 들을지도 모른다고 생각하면 정말 두려워. 학교에 있으면 몸이 돌같이 딱딱해지는 기분이야."(41쪽)

유리의 집에서 유리의 엄마가 젊었을 때 입었던 옷을 입어보며 놀다가 친숙해진 듯한 미사키와도 학교에서는 그 후로도 별 소통이 없다. 미사키 또한 친구들에게 놀림을 당하는 유리가 신경이 쓰이기는 하지만, "그 사이 미사키와 유리는 안녕, 하고 한 번 말한 게 전부다. 따로 학교에서 이야기를 한 적도 없고, 인사조차 하지 않았다. 계속 유리가 마음에 걸렸지만 말을 걸지는 못했다."와 같은 상황이 거의 마지막까지 이어진다. 여기까지 보면 미사키는 '좋은 친구'인지 아닌지 잘 모르겠다. 하지만 이 이야기는 마지막에 가서 모든 문제 해결을 정말로 다 '우정'으로 끝맺음 한다. 따라서 마지막 클라이맥스 장면을 소개하지 않고 넘어갈 수가 없다. 언급하지 않고서는 내가 왜 이렇게 '흥분하며 안타까워'하는지 설명이 안 된다.

마침내 바통이 유리에게 건네졌다.

유리가 쑥쑥 속력을 냈다. 언제나 고개를 숙이고 돌처럼 웅크리고 있던 모습이 아니다. 멋진 자세와 큰 보폭으로 성큼성큼 빠르게 달려갔다. 머리가 뒤쪽으로 흩날리자 긴장한 얼굴이 드러났다.

"힘내!"

미사키는 두 손을 깍지 끼며 힘을 주었다.

유리는 코너를 도는 곳에서 단번에 1위를 따라잡았다.(71~73쪽)

유리는 이처럼 대단히 빠른 발을 가졌다. 자기 안에 커다란 무기를 가지고 있는 것이다. 이 달리기라는 무기로 자신의 모습을 새롭게 인식시키고 다시 일으켜 세울 수 있는, 비록 시간은 걸릴지라도 자기 스스로 '돌'이 되는 모습에서 벗어날 수 있는 기회를 만들 수 있는, 용솟음치는 힘을 가지고 있는 것이다. 보통 스포츠물이라든가 만화라든가 또는 동화에서도, 소심했던 소년이 운동을 통해 자신의 마이너스되는 성향을 극복하는 이야기가 나오지 않던가? 그걸로 족하지 않은가, 여기서 다시 뒤틀 필요는 없지 않은가? 하고 나는 생각하지만, 이 이야기는 앞에서도 언급했듯이 '우정'을 택한다. 즉 장난꾸러기 소년들이 응원 도중, "오렌지! 오렌지!" 하고 외쳐대고 그 응원소리에, "유리는 몸에서 힘이 빠진 듯 휘청하더니 이상하게 흔들렸다. 다리가 꼬인 듯 비틀거리며 두세 발자국 앞으로 나가는가 싶더니 그 자리에 딱 멈춰 섰다. 그러곤 팔을 아래로 축 늘어뜨리고 그대로 멈췄다. 마치 전지가 나간 로봇 같았다."처럼 큰 위력을 발휘한다. 그리고 막판 반전의 드라마가 기다리고 있는 것이다.

미사키는 앞에 앉은 아이의 의자 틈새를 지나 운동장으로 내려갔다.
(…)

미사키는 비틀거리며 유리에게 달려갔다.

"유리야!"

달리면서 불러 보았다.

유리는 가만히 선 채 울고 있었다.

(…)

"미안해, 유리야"

모조리 사과하고 싶었다. 말을 걸지 않았던 일, 도와주지 않았던 일, 놀러 가지 않았던 일……

"정말 미안해."

유리의 뺨에 순식간에 붉은 기운이 퍼졌다.

"괜찮아……. 흑흑."

(…)

"결승선까지 걸을 수 있겠어?"

미사키가 나지막이 묻자 유리는 흐느끼면서도 세차게 고개를 끄덕였다.

미사키는 유리의 팔에 자신의 손을 살짝 둘렀다.

두 사람은 천천히 걷기 시작했다.(77~80쪽)

결말부분이다. '우정'이 이렇게 강한 힘을 가진 줄은 몰랐기에 솔직히 놀랐다. 하지만 이러한 해결은 이처럼 내 안의 가능성조차 묵살할 정도로 큰 힘을 가졌을지는 몰라도, 그로 인해 가려진 '근본적'인 문제를 회피한 결과가 된 것은 아닐까? 되풀이하지만 표상적인 '리얼'함에 기대 어린이 속에 내재한 근원적인 '리얼'한 힘을 방치한 것은 아닐까? 하여튼 나는 그렇게 생각한다.

5. 착한 아이로 변화=바로 성장인가?

『(4일간의 성장 여행) 가출할 거야!』의 데츠로 집 식구들은 모두가 너무나 좋은 식구들이다. 이 좋은 정도가 도를 지나쳐 문제일 정도다. 그래서 조금 달라진 듯한 아들의 모습에 부모는 그냥 그 성장하는 과정을 묵묵히 지켜보아도 되는데, 그것을 일일이 '말'로 표현한다. 그런가 하면 갑자기 아들을 비하하는 표현도 서슴지 않는다. 그에 비해 데츠로는 싫은 것에 대한 자기표현이 단순할 정도로 정직하다.

사실 이 작품은 다른 작품에 비해 작품성이 떨어진다고 볼 수 있다. 그래서 그런지 가출 동기가 미약하고, 소년의 첫 가출이 가져다 주는 불안이나 떨림 등 소년다운 경험이 느껴지지 않는다. 따라서 성장에 뒤따르는 역경과 시련을 극복하고 변화하는 모습이 개연성 있게 그려지지 못하고 있다. 그런데도 이 작품은 스스로 "데츠로 마음에 무슨 변화가 생긴 건지 그렇게 짜증나던 도타로 할아버지의 느린 걸음이 이제는 조금도 거슬리지 않았다.", "집에 가자. 지금 내 안에서 뭔가가 달라진 것 같아. 그걸 확인하기 위해서라도 집에 돌아가서 가족에게 이 여행 이야기를 해 주자. 이젠 달아나지 않을 거야." 라며 '변화'와 '달라짐'을 강조하고 있다. 하지만 정말이지 소년의 변화를 모르겠다. 소년의 성장을 모르겠다.

이처럼 소년이 변화했고 달라졌고 성장한 것을 바라는 조급함은 한국어 번역판으로 넘어왔을 때 더 강도가 진해진 것처럼 보인다. 앞서 『처음 자전거를 훔친 날』에서 '낭만'이 강조된 것처럼, 이번에는 '성장'이 강조되며. 역시 이 책에도 일본어 원제 정보가 맨 앞쪽에 표기되어 있다. "KAZE NO KAKERA-UMI WO MEZASITA HUTARI NO NATSU"로 우리말로 직역하면, "바람의 파편-바다를 향한 두 사람의 여름"이 된다. 이로써 한국어 제목에 들어가 있는 '4일간의 성장 여행'이란 말은 일본어판 원제에는 없었던 문장으로, 한국어판으로 편집될 때 별도로 붙여진 것임을 알 수 있다. 이처럼 한국어판은 일본어판을 넘어 더 '조급함'과 '성급함'을 드러내고 있다.

　『가출할 거야!』에서의 이런 이기적인 소년이 타인과의 관계를 통해서 '착한 아이'로 변모하여 가족을 되돌아보거나 받아들이거나 하는 패턴은 『거짓말이 가득』에서도 엿보인다. 네 편의 단편 중 표제작이기도 한 「거짓말이 가득」과 「오뚝이」가 그렇다. 따돌림당하는 여자아이에 대한 시선을 바꾸어 가고(「거짓말이 가득」), 알 수 없다고 느꼈던 시각 장애를 가진 친구를 배려하고 이해해 가는(「오뚝이」) 아이들의 모습은 물론 귀감이 된다. 문제는 이러한 작품에서 이들 소년이 '착하고 용기 있는 모습'으로 변화해 가는 모습이 정작 본인들의 적극성을 띤 모습이라기보다는 주변이 움직여서 변화한 듯이 보이는 모습이기 때문이다. 따라서 변화는 한 듯하지만 '성장'한 것처럼 보이지 않는다. 어찌 되었든 '성장'은 나도 모르게 진행되다가 갑자기 나타나는 것으로, '말'로 보이는 것이 아닌 실제 '현상'이나 실제 '모습' 또는 실제 '행동' 속에 표출되는 것이기 때문이다.

6. 그래도 '리얼리즘'의 가능성을 본다

내가 이번 7편의 작품에서 리얼리즘의 가능성을 본 작품은 『무너진 교실』과 『에이 바보』이다. 『무너진 교실』은 자신의 생각을 '말'로 잘 표현을 못하는 미즈키와 밝고 명랑하며 재치가 뛰어나고 그 누구에게나 평등하고 자유롭게 대하지만 좀 즉흥적인 하루히, 그리고 체육에 재능을 보이며 질투심 많고 수다쟁이인 쿄코. 다양한 성향을 가진 여자아이들의 심리가 얽히고설키며 긴장감 있게 이야기가 펼쳐진다. 읽다 보면 6학년 여자아이들의 이야기가 바로 지금의 내 얘기가 되어갈 정도다.

> "우리도 설마 이렇게까지 될 줄은 몰랐어. 이렇게까지 할 생각은 아니었거든. 하루히가 건방지게 구는 게 화나서 조금 혼내주자. 그 정도였어. 그런데 시작하고 나니까 점점 심해지더니 우리 반 전체로 퍼져 나가서……."
> 쿄코의 표정이 험상궂어져 이젠 전부터 알던, 같이 놀던, 그 쿄코가 아니었다.(97쪽)

위의 쿄코의 고백은 때때로 균형감을 상실할 때의 바로 나 자신의 모습일 수도 있다.

그럼에도 이 작품이 아쉬운 점은 그 모든 것을 교실에서 일어나는 일과 담임선생님에게로 몰고 간 점이다. 담임선생님이 원인 제공을 하고 실제로 편애가 있었다고 해도 어느 선의 한도를 넘어서기 전에, 그 어디선가 제어장치가 되어 주고 제동을 걸어 줄 그 무엇인가가 있지는 않았을까 하는 아쉬움을 준다. 이렇게 누군가를 궁지로 계속해서 몰고 가는 것이 지금의 현실이라고 하면 할 말이 없지만, 어린이 문학에서의 리얼리즘을 생각할 때 나에게는 한계로 다가온다.

『무너진 교실』이 서서히 몰아쳐 오는 태풍 같은 느낌을 준다면, 『에이 바보』는 잔잔한 연못에 이는 물결 같은 느낌을 주는 작품이다. 『에이 바보』에는 모두 다섯 편의 단편이 들어 있는데 모두 여자아이들이 주인공으로 등장한다. 무슨 대단한 모험이 펼쳐지는 것이 아닌 그저 평범하고 소소한 일상에서 펼쳐지는 모습, 하지만 그 시절에는 너무나 중요한 일상들의 단면 단면이기도 한 그러한 모습들이 섬세하면서도 설득력 있는 심리묘사로 전개된다.

그중에 마지막 이야기인 「두 대의 전철」이 나에게는 특히 인상에 남는 작품이었다. 이 작품은 아주 짧은 단편이지만, 가족의 모습이 그려진 『가출할 거야!』보다 더 가족에 대해, 부모에 대해, 어른들의 모습에 대해, 친구에 대해 생각거리를 던져 주는 수작이다.

7. 마지막으로 '리얼리즘'에 대해 좀 더 생각해 본다

분석심리학자 칼 융의 「무의식에의 접근」(『인간과 무의식의 상징』, 이 부영 외 옮김, 집문당, 1983)이란 글에서 보면, "개인이 유일한 현실이다."라는 문장이 나온다.

혹시나 말을 잘못해서 따돌림이나 왕따나 이지메당하는 일이 없도록 보고도 못 본 척하고, 친구를 잃을까 봐, 말리지도 싫다는 말도 못하는 아이들, 자신의 기분을 어쩌지 못해 밖으로 그 화살을 날리는 아이들, 오해하고 오해받는 아이들, 이곳 7편의 작품에 그려진 아이들은 모두 저마다 그들이 처한 지금의 리얼한 현실인지도 모른다. 여기 백 명의 아이가 있다면 역시 그곳에 백 개의 현실이 존재하는 것이 사실인지 모른다. 하지만 내 얘기가 현실이라고 해서 그 현실 속에 갇혀 있다면, 현실의 나를 내가 직시하지 않는다면, 결국 내 얘기는 고착되어 파장을 일으키지 못한다. 따라서 '개인이 유일한 현실'이면서 그 개인의 현실이 리얼하게 타인의 현실과 접목되지 않는다면, 진정한 '리얼리즘 작품'으로는 볼 수 없다. 그냥 한 개인의 '경험담'에 지나지 않는다.

아동문학 연구자 진구 테루오神宮輝夫는 〈리얼리즘의 실험-전후 일본 아동문학의 한 측면〉이라는 주제의 강연(일본아동문학학회, 제49회 연구대회)에서 "어린이 문학의 리얼리즘에 대한 정의는 세계적으로 정해져 있지 않다고 본다."라고 운을 뗀 뒤, 50~60년대의 일본의 리얼리즘 작품에는 어린이의 실태를 있는 그대로 표현하며, 공들여 아이들의 모습을 탐험하고 있기는 하지만 한편으론 그걸로 괜찮은 건가? 하는 의구심이 들었다고 한다. 그러면서 캐릭터가 이야기를 만들어 가는 것이 아닌 스토리가 캐릭터를 만들어 가는 작품, 주인공에게 그 역할을 주는 것은 이야기이며 어린이의 행동이 이야기를 만들어 가는 작품, 즉 이야기성이 있는 작품군을 생각해 봐야 한다고 말한다.

위 진구 테루오의 말 중에서 특히, '어린이의 행동이 이야기를 만들어 가는 작품'이라는 부분에 나는 많은 생각이 든다. 이번 리얼리즘 작품들을 읽으면서 내가 가장 걸린 부분도 바로 그 부분이었기 때문이다. 예를 들면, 『처음 자전거를 훔친 날』이나 『아슬아슬 삼총사』나 『오렌지 소스』는 참으로 흥미롭게 잘 읽히는 그런 작품이다. 하지만 아이들 본연의 근원적인 힘으로 이야기가 움직여 갔다기보다는 어떤 분위기 즉 무드로 움직여 간 듯한 느낌이 든다.

내면으로 향하는 작은 모험이든 밖으로 향하는 큰 모험이든 어린이 본인의 마음과 몸이 주체적이고 능동적으로 움직이고 행동해야만 이야기가 살아난다. 어린이 본인이 움직이기 때문에 그 깊이와 파장 또한 아무도 예측하지 못한다. 정말로 어린이가 그 생생한 감각과 감성과 에너지로 행동한다면 어린이 독자가 읽건 어른 독자가 읽건 그 작품의 울림은 크리라 본다. 어린이가 행동하여 이야기를 역동적으로 이끌어 가는 작품은 정말이지 귀하고도 귀하다.

7편의 작품을 따라 그 이야기들이 이끄는 데로 달리다보니 처음의 가벼운 동작과는 반대로 너무나 힘을 들이고 말았다는 느낌이 든다.

내가 이렇게 내 식대로 제단하며 놀 수 있었던 것은 모두 현실을 살아가는 아이들의 모습을 담은 작품이 있고 우리말로 번역되었기 때문에 가능했다. 나는 덕분에 며칠간 열과 성을 다해서 음식들을 먹고 그 에너지를 나름대로 이 작업에 쏟을 수가 있었다. 그저 감사할 뿐이다.

4장

학교, 왕따, 그 속에서 살아남기

1. 개인적인 체험을 시작으로

  '왕따'에 관련된 두 권의 책에 대해 이야기하기 앞서, 내 초등학교 저학년 때의 개인적 경험을 고백하는 것으로 서두를 시작하는 무례를 부디 용서하길……. 초등학교 2~3학년 때로 기억한다. 나는 난독증이 있어서 글을 잘 못 읽었었던 데다가 노는 것과 들판으로 뛰어다니는 것에만 흥미를 갖는 자기만의 세계에 갇혀 살던 아이였다. 그러니 학교 공부에 대해서는 도통 관심이 없어서 당연히 공부도 못했다. 당시 우리 학교에서는 공부를 못하는 아이에게도 성적이 조금 오르면 '진보상'이라는 것을 주었는데, 어느 날은 이런 내가 받게 되었다.

  밑에서 거의 기다시피 하는 내 성적이 왜 올랐는지 내게도 수수께끼였지만, 나는 이 상이 탐탁지 않았다. 무엇보다 나 자신이 진보라고 느끼지도 않았고 기쁘지 않았기 때문에 솔직히 받고 싶지 않았다. 선생님이 교탁에서 내 이름을 불렀을 때 씁쓸했던 기분이 살짝 되살아나려고 한다. 나는 일어나고 싶지 않았으나 이름이 호명되었기에 쭈뼛거리며 앞으로 나가 상장을 받아 들어 제자리로 돌아왔다. 근데 문제는 난 너무나 '유치찬란'한 아이였는지라 상장을 공손하게 받아 든 것이 아닌, 선생님한테서 거의 낚아채듯이 받아 오고 말았다. 당시 나는 지켜야 할 예의범절보다 자신의 불쾌한 기분에만 절절하게 취해 있었던 것이다.

  선생님은 조용한 목소리로 우리 반 아이들에게 모두 책상 위로 올라가라고 했다. 나는 순간 몸이 부들부들 떨려 왔다. 나 때문에 모두 단체 체벌을 받게 된 것이다. 내가 도저히 상상조차 할 수 없는 쪽으로 일이 진행되어 가는 통에 나는 온몸이 굳어지고 눈앞이 하얘지면서 점점 머릿속이 블랙홀 속 상태로 빠져들고 있었는지라 매를 맞아도 아무런 느낌이 오질 않았다. 이것을 요샛말로 하자면 나는 즉, '패닉'이나 '멘붕' 상태에 빠지고 만 것이다. 따라서 내 차례가 되어 매를 맞는 데도 아픔을 느낄 수조차 없었다.

청소 시간이 되고 나는 한 남학생에 의해 남자 화장실로 끌려갔다. 거기에는 서너 명의 우직한 남자 아이들이 날 기다리고 있었고, 난 거기서 단체 체벌을 일으킨 죗값을 치렀다. 허나 나는 남자 아이들한테서 '욕' 소리를 듣고 뺨을 맞고 구타를 당하는 것이 무섭기보다는 오히려 다행스럽게 생각되었다. 이 아이들한테 얻어맞는 것으로 인해 단체 체벌에서 겪은 무서운 경험이 오히려 조금 사그라지는 듯싶었기에.

다행히도 학교에서의 그 일이 나에 대한 집요한 '왕따'(그 시절에는 이 용어도 존재하지 않았지만)나 괴롭힘으로 이어지지는 않았다. 하지만 지금을 사는 일본 아이 '치에'는 나만큼 이상한 행동을 자초하지도 않았는데 '왕따(이지메)'로 괴롭힘을 당한다.

2. '왕따'의 시작-『치에와 가즈오』의 경우

치에는 초등학교 3학년 여자아이다. 2학년 때까지의 치에는 공부에도 관심이 많고, 노래도 잘 부르고 친구들과도 잘 지내고 무엇보다도 선생님을 잘 따르던 아이였다. 그러던 것이 3학년으로 진학하면서 아버지가 뺑소니차에 치여 식물인간이 되고, 아버지의 입원 후 가정을 돌보지 않는 어머니를 대신해 동생들을 보살피며 집안일을 해야 하는 지경에 이른다. 아쉽게도 새로 부임한 청결하고 젊고 아름다운 3학년 담임선생님은 지금 치에가 어떤 삶에 처해 있는지를 헤아리기보다는 겉으로 드러난 치에의 '불결함'을 불쾌해 할 뿐이다.

어느 날 위생 검사를 할 때, 선생님은 치에가 늘 가지고 다니는 꼬질꼬질한 손수건을 '불결하다'며 마치 걸레를 집듯이 손가락으로 집어 반 아이들에게 보여 주었다. (…) 또 이런 일도 있었다. (…) 선생님은 예쁜 블라우스를 입고 교실에 들어왔다.
약간 노란빛이 도는 블라우스는 누구라도 한번 만져 보고 싶을 정도로 멋져 보였다. 치에도 갑자기 그런 마음이 들었던지, 쉬는 시간이 되자 우에다 선생님에게 하듯이 기노시타 선생님의 등에 살짝 몸을 기댔다.
그러나 기노시타 선생님은 차갑게 말했다.
"답답해, 저리 가."
치에는 소스라치게 놀라며 무서운 눈으로 선생님의 등을 노려보았다.
(…)
그 일이 있은 뒤로, 치에는 공부 시간에 선생님이 이름을 불러도 고개를 숙인 채 단 한마디도 대답하지 않았다. 그래서 점점 선생님에게 미움을 받게 되었고 반 아이들에게도 무시를 당하게 되었다.
(…)
가즈오 패거리들이 치에를 괴롭히기 시작한 것은 선생님이 치에를 무

시하기 시작했을 무렵부터다.(21~22쪽)

그저 담임선생님의 아름다운 그 모습에 이끌려 본능적으로 몸을 기댄 치에가 "답답해, 저리 가."란 선생님의 반응으로 인해 받은 충격은, 아마 나의 '단체 체벌'을 훌쩍 넘지 않았을까 하고 유추해 보지 않을 수 없다. 이처럼 치에는 나처럼 '경박한 행동'을 한 것도 아닌 지극히 인간적인 따스함의 표현을 무심코 선생님한테 보였을 뿐인데도, 그것이 거부와 멸시와 무시로 이어지고 마치 이것이 계기라도 된 듯 '왕따'가 시작된다.

3. '왕따'의 시작-『불균형』의 경우

『불균형』의 '나'가 '왕따'를 처음으로 겪는 것은 5학년에 올라가 새로 반이 바뀌었을 때부터이다. '나'는 "어릴 때부터 다른 사람의 기분을 잘 맞추"고, "주위 사람들을 웃기기 위해서 지나치게 신경을" 쓰는 아이였다.

분위기가 어색하면 무슨 말이든 해서 사람들을 웃겨야 한다고 생각했고, 조용한 분위기에서는 먼저 말을 꺼냈다.
하지만 그렇게 해서 잘 지낸 건 초등학교 4학년 때까지이다.(15쪽)

어른 집단에서도 분위기가 가라앉았을 때 띄워 주는 '나'와 같은 성격의 소유자가 있다. 그것은 그 사람의 타고난 성향으로 있는 그대로의 개성으로서 받아들여져야지, 그러한 성격이 매도당하는 사회는 건강하지 못하다. 분위기를 맞춘다는 게 가끔은 분위기를 흐려 놓는 결과를 초래한다고 해도 말이다. 하물며 인간으로서 성장해 가는 과정에 있는 '나'의 이런 언행이 돌출된 양태로 굴절되어 '왕따'로 이어지는 것은 너무나 부조리하다. 더욱이 그 동기라는 게 단지 "우리 반에 4학년 때까지 친했던 친구가 하나도 없던 나로서는 한시라도 빨리 '친한 친구'를 만들고" 싶어 했을 뿐이라면 말이다. 특히나 『치에와 가즈오』의 '치에'가 학교라는 곳에서 가장 신뢰하는 관계를 맺고 싶어 하는 선생님과의 관계에서 환멸을 느끼고, 고학년인 '나'가 친구 관계에서 틀어져 '왕따'가 시작되는 것은 그야말로 비극이라고밖에 달리 할 말이 없다. 되풀이해서 부끄럽지만 이 두 주인공에 비하면 내가 '단체 체벌'에서 맛본 '패닉' 상태는 그야말로 '새 발의 피'다.

4. 살아남기 위해 돌이 되기

이처럼 언제 어디서 시작될지 모르는 '왕따'의 잔혹함은 그 헤아리기 힘든 동기, 집요한 괴롭힘, 의지할 존재가 없다는 절망감 등 이중 삼중의 쓰라림을 아이들이 겪어야만 한다는 데 있다. 그것도 무대는 아이들이 가장 활개를 쳐야 할 학교다. 하지만 '치에'나 '나'에게는 학교는 전장과도 같고, 아이들은 그 전장에서 오직 자신의 힘으로 살아남아야만 한다. '치에'와 '나'는 그 대처 방안으로 '돌'이 되는 선택을 한다. 어떠한 공격을 받아도 돌처럼 반응을 하지 않는 것 말이다. 『불균형』의 '나'는 중학교에 들어가서 아래와 같은 철칙을 세울 정도다.

나의 작전은 '쿨!'이다.
특히 학교라는 세계에서 살아가기 위해서는 쿨한 게 아주 중요하다고 생각한다.
중학교에 들어오기 전에 두 가지 원칙을 정했다.
첫째, 쿨하게 살아간다.
둘째, 친구를 사귀지 않는다.(14쪽)

학교라는 세계에 있으면서도 그 세계와 단절하는 것을 통해서 그들은 어떻게든 살아가고자 버둥거린다. 하지만 그들을 향한 '왕따'는 근절되지 않고, 그들이 입은 상처는 또 다른 굴절을 초래할 뿐이다. '치에'와 '나'가 자신들을 괴롭히는 존재와 정면 승부를 하지 않고서는 문제가 해결될 것 같지 않다. 역시 '치에'와 '나'는 그들과 피 튀기는 혈전을 치른다. 한때는 잘못된 해결 방법으로 길을 잃고 헤매거나, 그것을 직면하기까지 비록 시간이 걸렸을지언정 두 소녀는 정면으로 승부를 건다. 이 점에서 『치에와 가즈오』와 『불균형』은 묵직하다.

5. '이지메(왕따)'는 있다

일본에서 정부가 나서서 초등학교부터 고등학교에서의 '이지메(왕따) 발생 건수'를 조사하고, 문부성이 '이지메 근절을 위한 총점검'을 실시한 때는 1980년대 중반부터이다.[1] 그 배경에는 '이지메'로 인한 초·중학생의 잇따른 자살이 원인으로 작용하였다. 『불균형』에서도 중학교 2학년 여학생이 창문 밖으로 뛰어내려 자살을 시도하는 장면이 나오는데 일본에서 '이지메'로 인해 자살하는 경우는 지금도 여전히 되풀이되며, '이지메 근절'은 힘든 여정처럼 보인다.

관련 책(각주 1 참조)에 의하면, '학교가 이지메를 인정하고 문부성에 보고한 건수'는 "중학교가 압도적으로 많고, 초등학교(소학교)에서는 학년이 올라갈수록 늘어나고 있습니다."라며 그 실태가 소개되어 있다. 이어서 이 책의 저자는 아래와 같이 학교에서의 이지메 문제를 지적한다.

저는 '이지메' 문제가 현재 일본 아이들한테 가장 큰 문제가 되고 있는 것을 요즘 절실하게 느끼고 있습니다. (…) 정신과 사춘기외래에서 진료하다보면 이지메로 인해 아이들이 받는 마음의 상처는 너무나 큽니다. 사회가 바뀌고 육아환경이 바뀌면서 아이들이 자라나는 게 바뀌며 이지메는 '더 이상 해서는 안 되'는 한계를 한순간에 뛰어넘고 마는

---

1 原田正文, 「いじめ対策'二つの欠陥−過剰反応と放置」, 『小学生の心がわかる本−低学年と高学年でちがう処方箋−』, 農山漁村文化協会, 2001년.

상황이 발생하고 맙니다. 학부모나 학교에서 이지메 문제에 대한 대응은 무척이나 중요한 과제가 되었습니다. 어느 아이이건 안심하고 안전하게 학교생활을 할 권리가 있습니다. 하지만 지금 학교에서는 그 권리가 침범당하고 있습니다. (…) 학교 선생님 중에는 '이지메가 있어서는 안 되는 것'이라고 생각하는 분이 많은 것 같습니다. '있다'라고 생각하고 관찰하면 학교에는 반드시 이지메가 존재합니다. 이 점이 초·중학교의 특징입니다. 없는 쪽이 어쩌면 더 부자연스러운 것인지도 모릅니다.(126~130쪽)

저자는 그러면서, 의외로 가장 가까이에 있는 교사와 학부모가 '이지메'를 알아채지 못하고 있다는 말을 덧붙이고 있다.

『치에와 가즈오』와 『불균형』에서도 '치에'와 '나'가 처절하게 괴롭힘을 당하고 있고, 주변 친구들도 모두 그 사실을 알고 있음에도 불구하고, 학교 선생님과 이지메를 당하는 아이의 부모와 이지메를 하는 아이의 부모만 모르고 있으며, 알려고도 하지 않는 것처럼 보인다. 게다가 '치에'와 '나' 또한 선생님이건 부모에게 조언을 구하기는커녕 아무런 기대조차도 걸지 않는다.

같은 책에 의하면 이지메를 당하는 아이 쪽이 전학을 가는 것은 서구와 비교하여 일본만의 특수한 경우라며, '이지메를 당하는 아이에게도 문제가 있다', '이지메를 당하는 아이가 약하기 때문에'라고 생각하는 일본의 해결 방식에 이의를 제기한다. 즉 이지메는 이지메를 하는 아이야말로 "성격적 문제를 안고 있고, 과도의 스트레스가 관여하는 경우가 대부분"이기 때문이라며, 이지메는 '이지메를 하는 쪽 아이의 마음의 SOS'라고 지적한다.『치에와 가즈오』와『불균형』에서도 역시 두 주인공은 이사로 인한 전학을 통해 한순간은 이지메로부터 해방된 것처럼 보인다. 하지만『불균형』의 주인공 '나'의 가슴에는 이지메의 상처가 고스란히 남아 있다. 중학교 2학년이 된 나는 자신의 마음을 돌덩이처럼 차갑게 유지하는 것을 학교생활의 목표로 두고 있지만, 그런 그녀의 자존감은 심하게 상실해 있다. 자존감을 상실하고 있는 것은 이지메를 당하는 아이 쪽에만 국한된 것이 아니다.『치에와 가즈오』의 가해자인 가즈오 또한 심하게 자존감을 상실한 상태인 것은 마찬가지다.

6. 독자에게 남겨진 것

　『치에와 가즈오』의 '치에'에 대한 이야기는 친구 쿄코의 눈을 통해서 그려진다(단 교무실 장면과 가해자인 가즈오의 심정을 묘사한 부분은 제외). 치에의 감정은 냉정하리만큼 그 행동을 통해서만 묘사되고 치에 입장에서의 심리 묘사는 의도적으로 절제되어 있다(이 부분 역시 마지막 편지 장면을 빼고는). 한편『불균형』의 '나'는 처음부터 끝까지 한 번도 이름이 나오지 않는다. 따라서 독자는 아무도 '나'의 이름을 알 수가 없다. 마치 작가가 의도적으로 '나'의 이름을 밝히지 않고 숨기고 있는 것처럼 말이다.

이 거리감으로 인해 독자는 읽는 내내 알 수 없는 거북함과 불편함을 느끼면서도, 이 거리감이야말로 지금 우리가 처한 현실을 대변해 주고 있음을 깨닫게 된다. 즉 '치에'나 '나'는 바로 독자인 나일 수도 있으며, 친구가 왕따를 당하는 것을 눈앞에서 목격하고도 내게로 그 화살이 날아올까 몸을 사리는 '쿄코'일 수도 있으며, 가해자인 '가즈오'나 '유카리'일 수도 있다는 점을 나타내기도 한다.

처음에 예를 든 나의 어린 시절의 경우에서 알 수 있는 것처럼 아이는 아직 미성숙한 존재이기에 자신도 모르게 '유치찬란'한 행동을 한다. 즉 아이들은 당연히 그러한 요소를 다분히 가진 존재임을 인정해야 한다. 또한 동시에 친구들을 '약 올리고', '괴롭히'는 모습이 존재한다.

중요한 것은 문제 해결 방식이다. 특히나 초등학생인 경우는 어른들의 대처 방법에 따라 아이들이 자존감을 갖게 되거나 아니면 자존감도 잃게 되거나로 갈리게 된다. 이런 면에서 같은 상처를 안고 있는 타인과의 관계를 통해 자존감을 서서히 회복해 가는『불균형』에 비해, 가까이에 있는 어른들의 개입에 따라 문제를 해결할 수 있음에도 희망이 보이지 않는『치에와 가즈오』의 '치에'는 '나'보다 훨씬 불행하다.

물론 '왕따'에 대한 정해진 대처 방법이나 정석이 따로 있을 리가 없다. 각자의 위치에서 자신의 가까이에 있는 아이와 어떻게 대응해 가느냐에 따라 각기 다르리라. 하지만 내 어린 시절의 유치한 행동에 단체 체벌이란 문제 해결 방식이 너무나 과도했던 것처럼, 이 두 작품 속의 '왕따'에 대한 무관심과 방치 또한 커다란 문제를 안고 있다. '왕따'를 하는 아이건, 당하는 아이건 어떤 식으로든 신호를 보내온다. 주변에 있는 어른이 이를 감지하여, 아이와 함께 진지하게 고민하고 어떻게 하면 좋을지 함께 고심하는 것만으로도 우선은 충분한지도 모른다. 이처럼 '왕따'에 관한 이 두 권의 책은 너라면 어떻게 할 것인가, 하고 지긋이 그러면서도 정면으로 독자에게 말을 걸어 온다.

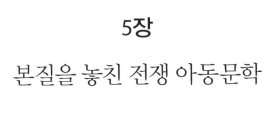

5장

본질을 놓친 전쟁 아동문학

마쯔따니 미요꼬[1]는 현대 일본 아동문학을 대표하는 작가이다. 마쯔따니는 전설과 옛이야기를 바탕으로 새롭게 창작한 동화, 판타지, 영유아 그림책이나 옛이야기로 된 그림책 및 유년문학[2] 등 다양한 창작활동을 벌이며, 많은 계층의 독자를 확보하고 있다. 이 밖에도 인형극단 창립과 방송 활동, 옛이야기 채집과 옛이야기 연구소 설립을 통한 집필 등 다방면에서의 꾸준한 활동으로 대중적으로도 인지도가 높다.

『말하는 나무 의자와 두 사람의 이이다』(이하, 『두 사람의 이이다』로 표기)는 『용의 아이 타로』(1960, 새로 창작된 옛이야기), 『어린 모모쨩』(1964, 유년 동화), 『없다 없다 까꿍』(1967, 전래 동요 그림책) 등[3] 40여 년이 넘게 현재까지 꾸준히 간행되고 있는 작품들에 이어서, 작가의 나이 43세 때인 1969년에 출간된 판타지이다. 앞서 출간된 『용의 아이 타로』나 『어린 모모쨩』에 비해 문단의 평가나 지명도가 다소 떨어지는 면이 있으나 지금도 여전히 간행되어 읽히고 있으며, 일본 아동문학사나 마쯔따니 미요꼬 작가론을 언급할 때 비중 있게 논해지는 작품이다. 『두 사람의 이이다』는 7년 뒤 속편이 간행되는데 이후 주인공의 이름을 딴 '나오끼와 유우꼬 이야기'라는 부제로 시리즈가 이어지며 1993년까지 총 5편[4]이 출간되었다. 또한 『두 사람의 이이다』는 1976년 영화로도 만들어지고, 1979년에는 국제아동의 해 기념 특별안델센상 최우량

---

1 松谷みよ子(1926~), 마쯔따니 미요꼬의 한국말 표기는 창비 번역본 저자 표기를 따랐다.
2 幼年文学은 일본에만 존재하는 독특한 장르로 초등학교 저학년 이하의 아이들을 대상으로 한 이야기책을 가리킨다.
3 각각 일본어 제목을 기술하면, 『龍の子太郎』, 『ちいさいモモちゃん』, 『いない いない ばあ』이다.
4 속편으로 『死の国からのバトン』(1967), 『私のアンネ=フランク』(1979), 『屋根裏部屋の秘密』(1988), 『あの世からの火』(1993)가 있다.

작품으로도 선별되었다.

1. 『두 사람의 이이다』를 바라보는 일본과 한국의 시선

　일본의 아동문학 평론가이자 작가인 스나다 히로시는 일본어판
『두 사람의 이이다』 해설에서, "전쟁을 과거 일로 판단하여 있는 그대
로를 써서는 전쟁을 전혀 모르는 아이들에게는 슬프고 무서운 옛이
야기로만 받아들여질 것입니다. 전쟁 아동문학이라고 불리는 작품을
보면 유감스럽게도 여전히 지금도 그런 입장에서 쓰여진 작품이 대부
분입니다."[5]라며 전쟁을 다룬 기존 일본 아동문학의 한계를 지적하고,
『두 사람의 이이다』에 대해서 다음과 같이 평가한다.

> 추리소설풍의 구성, 간결하고 게다가 감정 풍부한 묘사 등 작품의 매력을
> 여러 가지로 열거할 수가 있지만 내가 가장 충격을 받은 것은 전쟁에 대
> 한 새로운 착안 방법이었습니다.
> 현재에서 과거의 전쟁을 착안하여 풀어 가기-말로 하는 거야 간단하지
> 만, 『두 사람의 이이다』가 쓰여진 1969년이라면 전쟁이 끝나고 벌써 4분
> 의 1세기 가까운 세월이 흐른 시점입니다. (…) 나무 의자가 유우꼬를 이이

5　砂田弘, 「解說…椅子がひとりで歩きだす」, 『ふたりのイーダ』, 講談社靑山文庫, 1980년 11
　월 10일, 203쪽.

다의 환생이라고 믿어 의심하지 않는 것처럼 생명의 흐름은 영원히 전수되다고 하는 우리들이 조상에게서 전수받고 있는 생명관을 밑바탕으로 지극히 일본적인 판타지 세계를 구축한 것입니다. 또 하나의 세계에서 히로시마를 만난 나오끼는 비참한 전쟁에 대해 알게 되고 그와 함께 생명의 무게와 소중함을 배울 수가 있었습니다. (⋯) 치밀한 구성을 보면 마쯔따니 씨의 의식 아래에는 '전쟁'이 일찍부터 정확하게 파악되어 나름의 작품 설계도가 완성되어 있었던 것은 아닌가 하는 생각을 아니할 수가 없습니다. 어찌 되었든 이 작가의 유례가 드문 재능이 놀라울 뿐입니다.[6]

아무리 해설이라고는 하지만 『두 사람의 이이다』에서 표현된 마쯔따니 미요꼬의 기법, 구성력, 문장력, 정신세계와 문학성에 대해 칭찬을 아끼지 않고 있다. 이런 스나다 히로시와는 달리, 평론가 세키 히데오는 "민담의 환생담을 현대로 응용한 작품 아이디어는 탁월하고 복선이 깔린 탄탄한 이야기 구조도 비범한 역량을 보여 준다."[7]라며 작가의 착안점과 기술면을 높게 평가하면서도, 다음과 같은 우려를 내비친다.

제2의 이이다인 젊은 여성 리쯔꼬의 진상 고백으로 끝나는 결말도 극적이지만 가장 큰 문제는 이 작품을 두 번 읽을 경우 첫 흥미가 현저하게 퇴색한다는 점일 것이다. 두 이이다의 이중 이미지의 바닥이 드러나면 수수께끼 풀이의 탐정소설을 읽고 난 듯한 인상이 뒤섞여 들어온다. 진지한 주제와 스토리주의적인 요소 사이에서 생기는 모순이다.

---

6 위의 책, 204~205쪽.

7 関英雄, 「松谷みよ子論」, 『日本児童文学』, 1969년 8월호, 57쪽.

유년 동화와 민담의 세계로 하나의 정점을 이룩한 마쯔따니 미요꼬가 새로운 분야에서의 실험에 맞서 가는 자세를 진중하게 예의 주시하고 있기에 나는 뛰어난 재질이 스토리주의, 기술주의로 흘러 앞으로의 일이 희석되지 않기를 바란다.[8]

세키 히데오는 위와 같이 기술주의가 선행된 점을 지적하고 앞으로의 마쯔따니 미요꼬의 창작 활동에 대한 염려와 기대를 드러내 보이고 있지만, 『두 사람의 이이다』에 그려진 역사관 내지 역사인식에 대한 비판은 보이지 않는다. 아동문학 평론가 이재복 또한 "재치는 보이지만 재치를 정신의 힘이 받쳐 주지 못하였다."[9]라며 세키 히데오와 같은 관점에서 기술주의로 흐른 점을 간파하고, 『두 사람의 이이다』와 필리퍼 피어스의 『한밤중 톰의 정원에서』 사이에 형식상의 유사점을 지적하며 다음과 같이 말하고 있다.

결국 『이이다』는 서양의 판타지 동화 형식을 발 빠르게 빌려다 자신의 역사 문제를 담아내려 하였지만, 형식과 정신 모든 면에서 진실한 내적 조화를 갖춘 판타지 공간을 만들어 내진 못하였다. 작가의 역사관이 치열하지 못하고 목숨의 본질을 따지는 정신의 깊이가 깊지 못해, 생명 밖에 던져진 목숨들이 생명 안으로 들어가는 판타지 세계를 창조하지 못하였다. 『이이다』는 전쟁의 아픔을 알려 주려는 작가의 뚜렷

8 위의 책, 58쪽.
9 이재복, 「아픔이 진실로 승화되지 못한 추리공간-마쯔따니 미요꼬의 『말하는 나무 의자와 두 사람의 이이다』」, 『판타지 동화 세계』, 2001년 2월 28일, 126쪽.

한 목적의식은 겉으로 드러났지만, 그 목적의식마저도 자신의 좁은 역사관과 제도에 갇혀 많은 목숨이 들어가 함께 살아갈 수 있는 화해의 공간이 되진 못하였다.[10]

『두 사람의 이이다』의 역사 정신의 부재에 대한 비판적인 시각을 견지하고 있다. 한편, 「옮긴이의 말」로 한국어판 해설을 대신한 번역자 민영은, "마쯔따니 여사의 전쟁관에 분명한 반전 의지와 평화에 대한 희구가 들어 있기는 하지만, 그것이 매우 일본적인 의식으로 좁혀져 있음을 볼 수 있다. 환상적인 필치로나마 그토록 참혹한 전쟁을 그려 내는 데는 성공했지만, 이 작품에는 그런 전쟁을 일으킨 자들이 누구인지는 그려지지 않고 있다."[11]라고 비판하고 마쯔따니 미요꼬의 전쟁관의 한계를 지적하고 있지만, 번역자로서 이 책을 한국어로 번역하게 된 과정이나 의도에 대해서는 별다른 언급이 없어 아쉬움을 준다.

2. 의문 하나-재미와 전쟁

『두 사람의 이이다』는 1945년 8월 6일 히로시마에 투하된 원폭의

---

10 위의 책, 125~126쪽.

11 마쯔따니 미요꼬 지음, 쯔까사 오사무 그림, 민영 옮김, 「옮긴이의 말-전쟁 체험을 그린 환상적인 이야기」, 『말하는 나무 의자와 두 사람의 이이다』, 창비, 1996년 4월 29일, 209쪽.

참상을 다루었다. 전쟁이나 원폭의 참상을 담은 글들이 전달하고자 하는 가장 큰 메시지는 그러한 일들이 두 번 다시 되풀이되지 말아야 한다는 인류에 대한 경고다. 실체험을 바탕으로 쓰여진 수기는 특히 이 점이 부각된다. 하지만 『두 사람의 이이다』는 수기가 아닌 전쟁을 소재로 한 문학작품이다. 따라서 원폭의 참상을 유발한 근본적인 문제에 대한 탐색이 필요하다.

마쯔따니 미요꼬는 "『이이다』는 비교적 자연스럽게 써 버렸어요. (…) 쓸 때 마지막을 모른 채 썼거든요."[12]라며 이 작품이 자연스럽게 쓰였다는 점을 강조하고 있다. 그래서인지 마쯔따니 미요꼬의 『두 사람의 이이다』는 거듭되는 한국어 오역[13]에도 불구하고 중반부를 넘어

---

12 神宮輝夫, 「松谷みよ子 子どもは無限の語り口をもっています」, 『現代児童文学作家対談6 いぬいとみこ・神沢利子・松谷みよ子』, 偕成社, 1990년 1월, 315쪽.

13 한국어로 번역된 이 책을 읽으면서 나는 몇 번이나 거듭되는 오역에 맞부딪혔다. 이야기의 줄거리를 왜곡할 정도는 아니지만 반복되는 오류로 인해 문장의 흐름이나 맥이 끊겨 심각한 수준이었기 때문이다. 1996년이라고 하는 꽤 이른 시기에 번역된 점을 감안하더라도 단순한 단어의 오류, 대사의 주체를 혼동한 오류, 성별을 왜곡한 오류 등 한국말 번역판을 읽으면서 알아챌 수 있는 수준이어서 왜 편집 과정에서 걸러지지 않았을까 하는 의구심이 들 정도였다. 그래서 결국 일본어판을 꺼내서 대조해 볼 수밖에 없었다. 구체적으로 몇 군데 짚고 넘어가면, "맴맴맴맴, 뻐꾹뻐꾹."(99쪽) 웬 매미 소리 다음에 뻐꾸기 소리란 말인가. 뻐꾸기 울음소리는 봄철에서 초여름에 걸쳐 자주 듣지만, 이 이야기의 설정은 8월 한 여름이다. 원문을 보면 "ミーンミンミンミン、オシーツクツクオシーツクツク"로 되어 있는 걸로 봐서는 종류가 다른 두 매미의 울음소리이다. 그리고 뻐꾸기 울음소리를 일본에서는 일반적으로 "カッコウ、カッコウ"로 표현된다. 이어서 "오빠는 벌써……."(125쪽)란 대사다. 이것은 세 살 안팎인 유우꼬의 대사다. 유우꼬는 일본어판 원문에서는 그 또래 아기들이 쓰는 말투가 잘 살아 있지만 번역판에서는 그저 평범한 어린아이의 말로 번역되었다. 그 점은 제쳐 두고라도, "오빠는 벌써……."의 원문은 "おにいちゃんは、もう。"으로 이것은 화난 말투다. 네 사람이 타는 그네를 셋이 타다가 오빠가 갑자기 일어서는 바람에 중심을 잃고 넘어질 뻔한 유우꼬가 깜짝 놀라면서 하는 말인데, 상황이 화낼 만도 하다. "오빠 왜 그래!"라든가 "오빠 깜짝 놀랐잖아"로 번역되거나 그냥 "오빠!"로도(나는 그렇게 번역 수준이 높지 않다. 이 정도밖에 생각나지 않는다) 괜찮겠다. 번역을 하다보면 직역으로는 전달되지 않아 뜻을 살려 단어를 바꾸는 경우도 있지만, 그래도 "오빠는 벌써……."는 아니다. 이 외에도 단순한 단어의 오류라고만 넘길 수

후반부로 가면 갈수록 너무도 술술 잘 읽힌다. 원폭에 대한 참상을 다룬 이야기가 이렇게 쉽게 읽혀도 되나 싶을 정도로 말이다. 물론 이 작품은 추리소설 기법으로 쓰여 더욱 그러한 경향은 있다. 잘 읽히는 것 가지고 괜한 트집을 잡는다고 할까봐 강조하지만, 이 작품은 원폭의 참상을 소재로 한 전쟁에 관한 문학작품이다. 그리고 이 지구상에서 전쟁은 과거의 이야기가 아니라 여전히 되풀이되고 있는 지금의 문제이기도 하다. 독자와의 소통을 위해서 잘 읽힌다는 것은 매우 중요한 요소이기는 하지만 소재가 소재인 만큼, 전쟁이 왜 일어났는지, 원자폭탄과 같은 무기가 왜 히로시마에 투하되는 일이 벌어졌는지, 나아가 그것이 전쟁을 일으키는 장본인인 인간 및 인류에 대한 본질적인 질문과 사고로 이어지는 계기로 작동해야 하는데, 『두 사람의 이이다』는 유감스럽게도 히로시마의 비극만이 흥미진진하게 기술되어 있을 뿐이다.

앞에서 인용한 스나다 히로시도 언급했듯이 전쟁을 소재로 한 이

없는 오류 중에 예를 들면, 세 살 때 원폭을 맞은 리쯔꼬가 손에 꼭 쥐고 있는 물건으로 나중에 자신이 누구인지 확신하는 데 중요한 단서가 되는 천으로 만든 '장미'가 있다. 이것이 원문에서는 'お手玉'로 되어 있는데 'お手玉'가 왜 장미로 둔갑했는지 좀 난감하다. 'お手玉'는 조그만 주머니에 팥 따위를 넣은 공기 혹은 그 놀이를 말하는 것으로, 내가 어렸을 때는 이것을 오재미(또는 오자미) 놀이를 하면서 갖고 놀았었다. 성별을 오인한 경우로, '원폭 소년의 상'을 들 수 있는데 이것은 원문에는 '原爆の子'로 되어 있다. 번역하면 '원폭의 아이'가 되는데 이 동상의 실제 모델은 원폭으로 인한 후유증으로 백혈병에 걸려 목숨을 잃은 '사다코'라는 여자아이로, 소년이 아닌 소녀다. 이쯤에서 그만두고 싶지만 마지막으로 원문을 읽으면서 발견한 오류 중에 한 군데 더 언급하고 넘어가자면, "자, 그건 그렇고, 차를 끓여요. 그만하면 됐어."(14쪽)는 번역판에서는 나오끼의 엄마 대사로 오인되어 있지만 실은 할머니의 대사로 "하여튼 그건 그렇고 차를 타렴. 너 살이 좀 올랐구나(まあまあ、それではともかく、お茶を入れて。あんたまあ、こえたな)."이다. 이 밖에도 더 있다. 아직도 이 책은 계속 출판되고 있는 걸로 안다. 번역의 오류가 시정되어 번역 개정판으로 출간되기를 요망할 정도다.

야기는 슬프고 무서운 이미지가 강해 아이들이 쉽사리 접근하기에는 어려움을 동반한다. 그러한 점에서『두 사람의 이이다』는 '재미'있게 이야기를 끌어가며 독자를 끌어당긴다. 하지만 현실에서 발생하고 있는 '전쟁'은 무섭고 비참하다.『두 사람의 이이다』의 '재미'를 그저 반색할 수만은 없는 이유가 여기에 있다. 따라서 '전쟁'이란 관점에서 볼 때는 근본적인 의문을 남긴다. 왜 그 지점을 의문시하는지 다음 의문에서 더 짚고 넘어가 보자.

3. 의문 둘-어른의 부재

『두 사람의 이이다』의 이야기를 끌고 가는 주요 등장인물은 나오끼와 여동생 유우꼬, 나무 의자, 그리고 동네 누나 리쯔꼬이다. 이들 말고 등장하는 주요 어른은 나오끼의 어머니와 외할머니, 그리고 외할아버지이다.

무슨 일을 위한 취재인지는 밝히질 않아 알 수가 없지만, "엄마는 바빠, 너희들 사정보다 일이 먼저라고."[14]라고 단호하게 말할 정도로 어머니는 정신없이 바쁘다. 그래서 엄마가 실제 등장하는 것은 두 아이를 외갓집에 맡기는 첫 장면과 취재를 마치고 도쿄로 돌아가는 뒷

---

14 마쯔따니 미요꼬 지음, 앞의 책,188쪽.

장면뿐이다. 게다가 아들 나오끼마저 "괜찮아요. 엄마가 아소 화산에 가는 날은 틀림없이 날씨가 갤 거예요. 우리 엄마는 그렇게 되어 있는 분이거든요."[15]라고 인정할 정도로 어머니는 운이 따르는 사람이다. 어제까지만 해도 안개가 끼었지만 어머니가 산에 오르는 날은 나오끼의 예언대로 "일 년 중에서도 며칠밖에 되지 않는다는 좋은 날씨"[16]가 된다. 그 뿐만이 아니다. 어머니는 히로시마에 원폭이 투하된 당일, 원래대로라면 강제 동원되어 일하고 있던 히로시마에 있는 군수 공장으로 가야 하지만 그날따라 재료가 떨어져 "그때까지는 일요일에도 쉬지 않고 작업을 했는데 그날만 갑자기 휴일이"[17] 되어, "엄마는 아슬아슬하게 목숨"[18]을 건진다. 실로 천운이라고 할 수 있다.

이렇게 귀하게 목숨을 건진 어머니인데도 정작 본인은 전쟁과 평화에 대해서 아무런 메시지를 전달하지 못한다. 하지만 마지막에 유우꼬가 부르며 노는 전래 동요를 듣고는 "하아, 역시 교육의 성과가 나타났군요."[19]라며 큰 관심을 보이고는 "실은 헝가리에서 돌아온 하네까와 선생님이 일본 어린이에겐 일본의 동요를 가르쳐야 한다면서 보육원으로 찾아오셨어요."[20]라며 그동안 보여 준 '쿨한' 이미지에서, 갑자기 열성적인 교육자로 돌변한다. 이런 어머니의 모습은 독자들에게만 이상하게 비친 것이 아닌가 보다. "헝가리의 동요와 일본의 동요가 무

---

15 위의 책, 35쪽.
16 위의 책, 93쪽.
17 위의 책, 168쪽.
18 위와 같음.
19 마쯔따니 미요꼬 지음, 앞의 책, 193쪽.
20 위와 같음.

슨 상관이지?"[21]라고 할머니가 되묻기 때문이다. 그러자 어머니는 아래와 같이 그 이유를 말한다.

> 말하자면 이래요. 동요[22]란 누가 가르쳐 주지 않아도 아이들이 대대로 노래해 온 것이 아니겠어요. 그 속에는 여러 민족의 음악적 발생과 원시적인 모습이 담겨 있답니다. 남에게 빌린 것이 아닌 겨레의 음악이죠.

언제나 바쁘게 생활하는 어머니가 보육원에서 일어나는 일을 세세하게 파악하고 있는 것도 놀랍지만, 전래 동요에 대한 견해는 거의 연구자 수준이다. 요는 이러한 이야기 흐름과는 직접적으로 하등 관계가 없는 전래 동요에 대해서는 전문가적인 견해를 피력할 정도로 지식인이고, 열심히 취재 여행을 떠날 정도로 적극적이고 부지런한 어머니가 왜 전쟁에 대해서는 입을 다물고 있는가 하는 의문이다.

이런 모습은 할아버지에게서도 같은 형태로 나타난다. 할아버지는 히로시마의 비극이 일어나기 전이지만 한때는 원자폭탄이 떨어진 중심지 바로 옆에서 서점을 경영한 적도 있고, 지금은 도서관에서 근무 중이다. 할아버지는 나오끼에게 '캇빠 이야기', 환생한 '카메찌요 이야기'를 아주 매력적으로 들려준다. 보통 이야기꾼 솜씨가 아니다. 독자를 사로잡는 솜씨가 아주 훌륭한 스토리텔러다.

하지만 15년 이상을 바로 옆집에 살면서 비밀의 외딴집에 대해서는 전

---

21 위와 같음.
22 창비 번역본에는 '동요'로 번역되어 있지만 '전래 동요'를 말한다. 일본어 원문 단어는 'わらべ歌'로 표기되어 있다.

혀 아는 바가 없는 것도 의구심이 들지만, 그처럼 빨려들게끔 옛이야기를 들려주는 솜씨를 구사하면서 왜 일본 제국주의가 걸어온 발자취에 대해서는 들려주지 않는지가 의아할 뿐이다. 왜냐하면 나오끼는 나무 의자와 리쯔꼬 누나와의 관계를 통해 원폭에 대해서, 전쟁에 대해서 본인 스스로가 알고자 하는 자세가 되어 있기 때문이다. 무엇보다도 할아버지는 책을 통해서 그 누구보다도 빨리 새로운 지식을 흡수하고 올바른 지식을 일반인에게 제공해야 할 자리에 있는 도서관원[23]이기 때문이다.

원폭을 체험한 리쯔꼬가 히로시마의 비극을 절절하게 증언하는 것이 당연스러운 것처럼, 어머니나 할아버지는 원자폭탄의 직접적인 비극을 겪지는 않았을지라도 히로시마의 비극을 유발하게 되는 전쟁의 본질적인 부분에 이어질 수 있는 일본 군국주의 시대를 몸소 체험했다. 하지만 그들은 나오끼에게 '전쟁'을 들려줄 입장에 처해 있고 책무가 있으며, 무엇보다도 들려줄 만한 능력을 겸비하고 있는데도 들려주질 않는다. 비록 이야기의 재미와 흥미를 반감시키는 쪽으로 흘러가는 것을 각오하고서라도 작가는 전쟁을 체험한 이들의 입을 빌려 '전쟁'을 들려주었어야만 했다. 오히려 그러는 편이 『두 사람의 이이다』의 흐름 속에서는 전래 동요의 본질을 설명하거나 재미있는 옛이야기 몇 편을 실제로 들려주는 것보다 자연스럽다. 하지만 『두 사람의 이이다』에는 아이들 가까이에 지적이고 교양 있는 어른들[24]은 있으나, '전쟁'에 대해서 말할 수 있는 어른은 부재하다.

---

23 도서관에서 근무한다고는 쓰여 있지만, 정확히 그곳에서 무슨 일을 하는지는 언급이 안 되어 있다.

24 『두 사람의 이이다』에서 할머니는 처음부터 끝까지 방관자 입장으로 일관하고 있다.

4. 의문 셋-환생과 생명

인터넷 백과사전 위키피디아 일본판으로 환생을 입력하여 검색하면, "사후에 다른 존재로 바꿔 태어나는 것"[25]이라고 정의되어 있다. 『두 사람의 이이다』에서 환생은 중요한 모티프로 등장한다. 하지만 위 정의대로라면 『두 사람의 이이다』에서는 환생이라는 장치는 성립되지 않는다. 왜냐하면 마지막에 리쯔꼬의 편지를 통해 그동안의 수수께끼가 풀리면서 리쯔꼬 누나야 말로 나무 의자가 진정으로 기다리는 그 이이다임이 밝혀지기 때문이다. 즉 우연히 이이다라는 이명으로 불리는 두 이이다는 둘 다 살아 있는 것이다. 즉 유우꼬 이이다의 전생으로 여겨진 리쯔꼬 이이다는 죽지 않은 것이다. 그렇다면 유우꼬 이이다는 리쯔꼬 이이다의 환생이 될 수가 없다. 그런데도 『두 사람의 이이다』는 독자를 유우꼬가 리쯔꼬의 환생인 것처럼 면밀한 묘사를 통해 끌고 간다. 먼저 나무 의자의 반응을 보도록 한다.

 – 나는 기쁘다.

 (…)

 – 작은 이이다가 다시 돌아왔기 때문에.

 (…)

 – 이이다야. 어제도 그저께도 나는 이이다를 기다리고 있었다.

---

25 転生: 일본 위키피디아(http://ja.wikipedia.org/wiki) 참조.

(…)

– 아냐, 다르지 않아. 그 아이가 내가 기다리던 이이다야. 그 아이는 '다녀왔습니다.' 하고 이 집으로 돌아온 거야. (…) 그리고 늘 가지고 놀던 나무 그릇을 꺼내 와서는 언제나 그렇게 놀았듯이 소꿉놀이를 했지. 유도화의 분홍색 꽃잎을 그릇에 담고 '여기 우동 있습니다, 맛있게 드세요.' 하고 어제도 오늘도 똑같이 놀고 있었어. 다른 집 아이가 아니야, 우리 집 아이라고. [26]

이상과 같은 유우꼬를 자신이 기다리던 이이다라고 철석같이 믿고 있는 나무 의자의 믿음과, 자연스럽게 나무 그릇을 꺼내 노는 이이다의 행동은 독자로 하여금 환생일지도 모른다는 생각을 갖게 한다. 이어서 나무 의자를 대하는 유우꼬의 반응을 살펴본다.

"돌아왔습니다. 지금."[27]
우당탕 뛰어 들어오는 유우꼬. 도대체 어찌 된 셈인가?
– 이이다, 나의 이이다.
의자는 그렇게 소리치더니 달려온 이이다를 무릎으로 받아 안았다. 그것도 유우꼬가 뛰어들어 의자에 냉큼 앉아 버린 것이지만.
– 이이다, 어디를 다녀왔니?

---

26 마쯔따니 미요꼬 지음, 앞의 책, 67~68쪽.

27 이 부분은 오역에 해당한다. 일본어 원문은 "おかえりなしゃあい、ただいまあ"로 이를 직역하면, "잘 다녀왔니, 다녀왔슴다아."나 "어쳐 오렴, 다녀왔슴다아."라고 번역할 수 있겠다. 즉 상대방의 대사 "어서 오거라."를 미리 짐작하여 상대방이 말하기 전에 두 가지 상황 다 자신이 말하고 마는 유아들의 언어 감각을, 작가는 이 장면에서 살린 것으로 보인다.

의자가 다정한 목소리로 물었다.

"바다, 바다에 갔었어. 배, 배가 있었어."

(…)

유우꼬는 이 곳에 있을 때 나오끼 쪽은 돌아보지도 않는다. 오늘도 방 안에 있는데 '오빠!' 하며 부르지도 않고 달려들지도 않았다. 마치 나오 끼가 보이지 않는 것처럼 외면을 하고 있다.[28]

유우꼬는 이처럼 근 3년을 한집에서 같이 산 오빠보다는 만난 지 며 칠도 되지 않는 나무 의자에게 친숙함을 보인다. 이 장면의 묘사를 통 해서 독자는 역시 유우꼬는 환생한 것이 틀림 없다는 생각을 갖게 된 다. 그럼 나오끼는 어떻게 생각하고 있는지 다음 예문을 인용해 본다.

유우꼬는 환생일지도 몰라. 저 작은 의자에 앉아 있던 이이다라는 소 녀의 환생일지도 모른다……. 그러니까 유우꼬는 그 집에 들어갈 때 '안녕하세요.' 하지 않고 '다녀왔습니다.'라고 한 거다. 자기 장난감이나 담요를 끄집어내듯이 그 집에서 장난감과 담요를 서슴없이 꺼내 가지 고 놀았다.[29]

나무 의자와 맞서 유우꼬가 자신의 여동생임을 설득하기 위해 애쓰 던 나오끼마저도 유우꼬를 이이다의 환생으로 여기도록 이끌어 간다. 이처럼 작가는 공을 들여서 '환생'에 대해서 비중 있게 다루고 있다. 나

---

28 마쯔따니 미요꼬 지음, 앞의 책, 77~79쪽.
29 위의 책, 172쪽.

무 의자의 애절한 기다림과 집념, 원폭으로 인해 무고하게 죽은 영혼이 수십 년이 흘러 다른 아이로 다시 태어나 나무 의자 곁으로 돌아왔다고 하는 환생은 과거의 비극인 히로시마의 원폭을 현재의 소년이 관심을 갖고 자연스럽게 알아가도록 유도하는 중요한 열쇠가 되기 때문에 『두 사람의 이이다』에서의 환생이란 장치는 매우 중요하다. 하지만 『두 사람의 이이다』에서의 환생은 분위기 묘사나 설명으로는 이루어졌지만, 사후에 그 혼이 다시 살아나는 환생이 아니다. 따라서 그 혼이 뿜어내는 몸으로 전해 오는 감각으로서의 생명이 감지되질 않는다.

생명에 대한 문제에서 생각할 때 『두 사람의 이이다』는 사실 심각한 문제점을 드러내고 있다. 즉 두 사람의 이이다의 환생에 묘사가 집중되고 초점이 맞추어지다 보니, 다른 저변의 생명체에 대한 무 묘사로 이어지고 있기 때문이다. 정원수나 여름의 상징인 매미 울음소리는 묘사되어 있으나, 잡초, 벌레, 동물 등의 묘사는 거의 전무하다. 이 이야기는 한 여름이 그 배경인 데다 나무 의자가 사는 비밀의 집은 수십 년 동안 인기척이 느껴지지 않는 폐가이다. 그렇다면 그곳은 우거진 여름 잡초와 날벌레가 득실대고, 방아깨비, 메뚜기, 개미, 모기, 벌, 잠자리, 딱정벌레, 뱀, 거미 등의 수많은 생명체가 숨 쉬고 있는 곳이다. 특히나 여름철에는 날벌레 때문에 풀덤불 속에 가만히 있을 수조차 없을 텐데 나오끼는 그곳에서 스케치를 하고 유우꼬는 차분히 소꿉놀이를 한다. 아무리 주제를 엄숙하게 이끌어 가기 위한 장치이고, 원래부터 차분한 아이들이라 해도 개연성이 부족하다. 의도적으로 배제하지 않았을지라도 이처럼 저변의 생명체에 대한 공유와 직시 없이는 진정한 생명 존중이 그려지기에는 힘들어 보인다. 왜냐하면 아무리 말이나 문장으로 비극을 그려도 피부로 다가오지 않고 감각으로 느낄 수 없으면, 피상적으로는 재미와 흥미를 줄지라도 내용이 없는 공허한 울림이 되기 때문이다.

이러한 문제는 결국 바꾸어 말하면, 전쟁이나 원폭으로 인해 똑같이 고통을 받았던 다른 생명체나 다른 민족에 대한 공감대를 형성하지 않고서는 『두 사람의 이이다』가 결국에는 전쟁 아동문학으로서 의문시되는 지점으로 작용되기 때문이다. 또한 이러한 배제나 등한시나 무시가 결코 작가가 의도하지 않은 무의식의 산물이라면 그것은 결국 작가의 작가성에 대해 의문시하지 않을 수가 없다. 왜냐하면 다시 되풀이되어서는 안 되는 비극인 전쟁을 인간은 어리석게도 여전히 반복하고 있기 때문이다. 따라서 이런 무거운 주제는 단숨에 자연스럽고 재미있게 써 내려가는 것도 대단한 일이겠지만, 그 무게를 정신과 피부로 감지하면서, 의식적으로 가끔씩 멈추어 작가 스스로 그 문제에 대해서 깊게 파고들어 사고하고, 성찰하는 자세를 더 필요로 한다.

5. 아쉬움으로 남는 것

마쯔따니 미요꼬는 일찍부터 노동조합 및 평화운동에 참여하며 그런 활동과 연관하여 「조선의 아이」[30]를 발표하고, 『두 사람의 이이다』

---

30 「朝鮮の子」, 리얼리즘 형식으로 그려진 단편. 神宮輝夫, 앞의 책, 270쪽을 보면 이 이야기는 노동조합기관지에 처음 발표되어 『心の花束』(1955)란 작품집에 수록되었다고 한다.

속편인 시리즈 3번째 『나의 안네 프랑크』[31]에서는 재일교포소년을 등장시켜 가해자의 시점을 도입하면서 『조선의 민담』(1980)을 집필하는 등 한국(조선)에 대한 관심을 작품 속에 투영시켜 왔다. 또한 한국전쟁 중이던 1952년에 '요즘 생각하는 것'이란 제목의 글에서 마쯔따니 미요꼬는, "지금 특히 느끼는 것은 평화 문제입니다. (…) 지금 또다시 치칙칙하고 포탄 연기 냄새가 주위에 차오르는 것을 느낄 때 우리들은 의식적으로 이 문제를 거론해야 된다고 생각합니다. 어린이에게 전쟁의 본질, 고통"[32]을 알리고 작품으로 집필하는 것을 "아동문학자의 임무"라고 여긴다며, 깨어있는 아동문학가로서의 각오를 피력하고 있다. 이와 같은 발언을 통해서도 유추할 수 있고, 여러 활동을 부지런히 해오며 뛰어난 작품을 써 온 점에서 알 수 있듯이 그녀는 전쟁에 대한 비판의식을 강하게 갖고 있음을 확인할 수 있다. 일련의 그녀의 작품 활동을 보더라도 그 누구보다도 평화 활동에 적극적으로 대처해 왔다고 볼 수 있다.

하지만 정작 그녀가 쓴 첫 본격 장편 판타지이며 전쟁 아동문학인 『두 사람의 이이다』에는 그녀가 의도한 '전쟁의 본질'은 그려지고 있질 않다. 이 점은 마쯔따니 미요꼬가 일본 현대 아동문학을 대표하는 작가 중 한 사람인 데다, 작가 본인이 평화 운동에 큰 관심과 사명감을 가지고 작품 속에 그려내고자 하는 적극성을 떠올릴 때 참으로 아쉬운 점이 아닐 수가 없다.

---

31 나오끼와 유우꼬를 통한 전쟁 이야기를 풀어가는 이들 속편들(작품 네 편)은 한국에는 번역되어 있지 않지만 『두 사람의 이이다』 이후의 모습을 파악하기 위해서 시야에 넣어서 고려할 필요가 있겠다.

32 松谷みよ子, 「このごろおもうこと」, 『日本児童文学』, 1952년 9월호, 37쪽.

김경연의 글 「전쟁을 주제로 한 외국 아동문학의 수용―일본 아동문학 번역과 수용을 둘러싼 두 논쟁을 중심으로」[33]를 통해서 어린이도서연구회에서 『두 사람의 이이다』를 둘러싸고 논쟁이 벌여졌음을 알게 되었다. 다양한 책들이 다양한 출판사를 통해 다양한 독자를 만나는 것에 대해서는 반대하지 않기 때문에 『두 사람의 이이다』가 출판된 것에는 별다른 이견이 없지만, 어린이도서연구회 같은 한국 어린이 문학에서 영향력이 있는 단체에서 추천할지의 문제로 이어질 때는 이야기가 달라진다. 왜냐하면 신뢰할 만한 단체가 도서를 추천을 할 때는 그만큼 책임이 따르고, 명확하고 설득력을 갖춘 선정 기준이 전제되어야 하기 때문이다. 『두 사람의 이이다』는 판타지 작품이기도 하지만, 원폭이 소재가 된 전쟁 아동문학이기도 하다. 하지만 '전쟁'이란 관점에서 볼 때 충분히 문학성이 갖추어져 있는가 하는 부분은 의문이다. 전쟁 아동문학은 재미와 흥미를 주는 1차적인 감상을 넘어 본질적인 문제로의 탐구 쪽으로 이어져야 한다. 오히려 전쟁 아동문학은 그 특수성으로 인해 후자 쪽에 더 비중을 두어야 할 독특한 장르이다. 하지만 『두 사람의 이이다』는 '재미'를 이끌어 내며 전쟁의 참상이라고 하는 1차적인 목표는 충분히 달성하였어도, 문학작품으로서 감당해야 할 '전쟁의 본질'이 그려 있지 않았다.

전쟁은 그 누구도 아닌 인간이 유발한 참상이다. 따라서 전쟁을 직시하는 것은 곧 나라고 하는 인간과의 대면이며, 그 대면을 통해서 곰곰이 고심하는 자세가 필요하다. '전쟁의 본질'을 작품 속에 승화하여

---

33 김경연, 「전쟁을 주제로 한 외국 아동문학의 수용―일본 아동문학 번역과 수용을 둘러싼 두 논쟁을 중심으로」, 『창비어린이』, 창비, 2005년 겨울호(통권 11호).

한 작품에 그려 내는 것은 지난한 일이고 분명 한계가 있다. 하지만 작가가 군국주의하의 사회와 전쟁을 몸소 체험하고, 전쟁을 소재로 적극적인 작품 활동을 벌이고 있고, 일본 현대 아동문학에서 높은 평가를 받는 작가인 점을 감안할 때『두 사람의 이이다』에 표현된 전쟁을 바라보는 작가 정신에 의구심을 던지지 않을 수 없다. 작가는『두 사람의 이이다』에서 작가의 대변자 역할을 할 수 있는 능력을 지닌 '엄마'나 '할아버지' 입을 빌려 '전쟁의 본질'로 들어갔어야만 했지만 그 소임을 다하지 못했다. 이 점들이 전쟁 아동문학이란 관점에서 볼 때『두 사람의 이이다』의 문학성에 이의를 제기하는 지점이 된다.

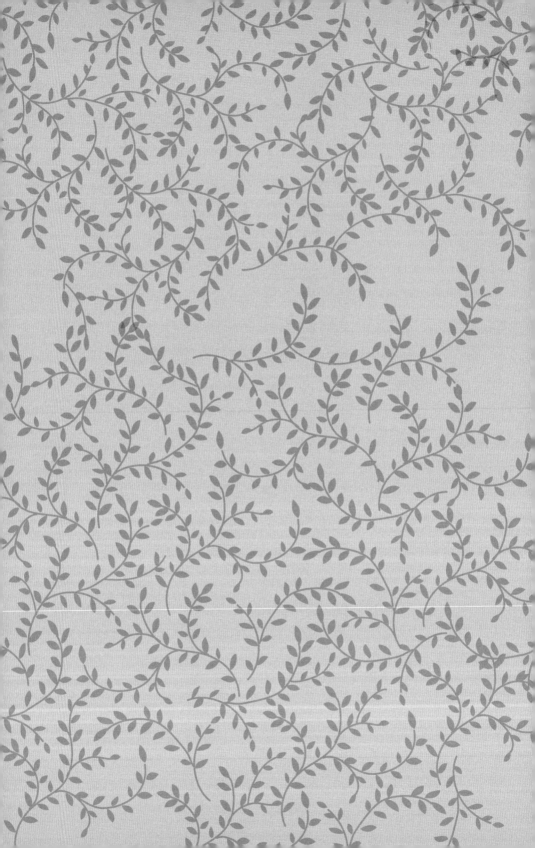

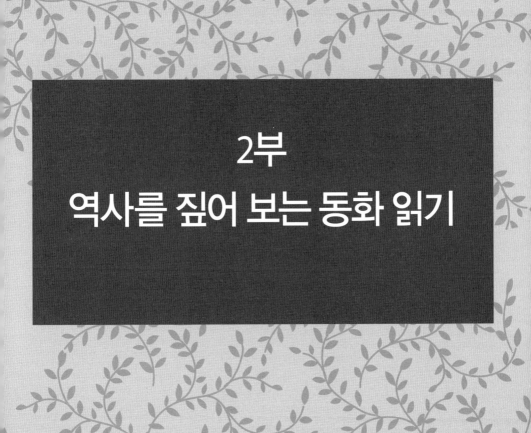

2부
역사를 짚어 보는 동화 읽기

1장

혼돈의 시대, 치유를 위한 형제 이야기

1. 들어가며

형제 이야기는 우리 인간 세상에서 보편적으로 볼 수 있는 주제이다. 구약성서『창세기』에서의 '카인과 아벨', 옛이야기 속에서의 '형과 아우' 이야기나, 「흥부 놀부」에서의 형제, 실제 인간 삶 속에서는 '고흐와 테오' 형제가 생각나기도 한다. 이 글에서는 일본 아동문학 중에서도 1930년대에 쓰여진 「바람 속의 아이」(츠보타 죠지, 「風の中の子共(1936)」)와 1990년대에 쓰여진『용과 함께』[1](하나가타 미쓰루, 2006,『ドラゴンといっしょ(1997)』),『화성에 간 내 동생』[2](사소 요코, 2003,『きのう、火星に行った(1999)』)을 중심으로 형제 이야기[3]에 대해서 풀어가 보고자 한다.

2. 근대(1930년대)를 산 형제 이야기-「바람 속의 아이」

1) 일본 근대 아동문학의 흐름과 시대 배경

---

1 이선민 그림, 고향옥 옮김, 사계절.
2 유준재 그림, 이경옥 옮김, 웅진.
3 오누이(오빠와 여동생, 누나와 남동생), 자매(언니와 여동생), 다수의 형제(형, 누나, 남동생 혹은 언니, 오빠, 여동생 또는 형, 형, 형, 나 또는 언니, 언니, 언니, 언니, 나), 동식물로 의인화된 형제 이야기 등도 두루 짚어보는 것 또한 의미가 있지만, 여기서는 인간의 모습 그대로의 형과 아우가 등장하는 형제 이야기만으로 국한한다.

일본에서 창작 아동문학의 시작은 1891년, '소년문학少年文学 총서'(전 32권) 제1권에 이와야 사자나미巌谷小波, 1870~1933의 『고가네마루こがね丸』가 창작·간행되고 나서부터라고 일반적으로 알려져 있다. 이 당시의 창작 물은 옛이야기에 소재를 둔 재화된 작품이 주류를 이루었다. 그 후 옛 이야기의 재화에서 벗어나며 작가성이 두드러진 작품이 등장하는 것은 1910년 오가와 미메이小川未明, 1882~1961의 『빨간 배赤い船』 출간과 그 이후이다. 1920년대로 이어지며 미야자와 겐지宮澤賢治, 1896~1933, 치바 쇼조千葉省三, 1892~1975 등 탄탄한 작가성이 엿보이는 작가가 출현하게 된다. 하지만 여전히 1910년대 후반에서부터 1920년대에도 옛이야기에서 모티프를 가져온 메르헨류의 짧은 동화가 주류를 이루고 있었다. 한편 예술성과 문학성을 지향한 동화와 더불어, 이 시기에는 대중성을 중시한 장편 연재물인 소년소설이 실제 어린이들 사이에서 널리 읽혔다.

제1차 세계대전 이후 일본에 도입된 민주주의는 여성과 아동에 대한 관심으로 이어진다. 그 영향하에 활기를 띠었던 아동문학도 1920년대 중반 무렵 금융공황으로 인해 불경기와 생활고에 빠지게 되는데, 일본의 자본주의가 위기를 맞으면서 아동문학 또한 암흑의 시기로 접어든다. 착취받는 민중 및 어린이들의 삶을 직시하고자 하는 관점에서 아동문학 속에 리얼리즘의 필요성을 강조하며 프롤레타리아 아동문학이 등장하는 것이 1930년대 전후다. 이후 프롤레타리아 아동문학은 1930년대 중반을 전후하여 아이들의 생활을 집단적이고 사회적인 관점에서, 현실의 일상적인 삶을 객관적으로 파악하여 새롭게 시작하는 새 시대를 그리고자 하는 목표로 '집단주의 동화', '생활 동화'로 이어진다.[4] 이후 '생활 동화'는 1930년대 중반부터 1940년 중반까지 당시 생활 교육, 생활 작문이 중요시되던 교육과 맞물려 아동문학의 주류를 형성한다.

1930년대의 "일본은, 이미 만주사변(1931)을 일으키고, 이윽고 이에 이어지는 진흙탕 같은 15년에 걸친 장기 전쟁에 발을 들여놓았다. 메이지 초부터 시작된 군국주의를 국시로 한 계속되는 침략전쟁으로 발전을 이룩한 일본자본주의는 드디어 대모험에 돌입했다. (…) 정치는 불안한 동요를 되풀이하고, 국민 생활은 궁핍을 더해갔으며, 사회불안이 짙어갔다. 현실은 어둡고 밝은 미래에 대한 희망은커녕 내일을 향한 목표가 전혀 보이지 않는 일상 속에서 그나마 위안거리를 찾아 관능적인 자극, 찰나적인 향략, 넌센스적인 놀이를 추구하거나 그러한 것을 섞고 버무려 절망과 감상을 노래한 유행가에 감정의 배출구를 찾는 국민대중이었다."[5]란 시대 특징을 담고 있었다.

여기서 살펴볼 츠보타 죠지坪田讓治, 1890~1982의 「바람 속의 아이」는 이러한 일본 아동문학 흐름 속에서 1936년에 발표되었다. 이 1936년이란 시기는 선전포고도 없이 자행된 중일전쟁이 발발하기 1년 전에 해당하는 해이기도 하다.

「바람 속의 아이」는 메이지 시대에 건축된 공장에서 벌어지는 이권다툼이 그 배경이 되고 있는데, 이는 실제로 츠보타 죠지가 1920년부터 1930년대 초까지 형이 운영하던 제직소 일을 거들면서 친족들과

---

4 김영순, 「일본 동화 장르의 변화 과정과 한국으로의 수용─일본 근대 아동문학사 속에서의 흐름을 중심으로」, 『아동청소년문학연구』 4호, 한국아동청소년문학학회, 2009년 6월 30일에서 일부 참고.

5 管忠道, 『日本の児童文学』, 大月書店, 1956년 4월 5일, 277~278쪽.

의 갈등에서 겪은 '골육상잔骨肉相殘'이란 작가의 실체험[6]이 바탕이 되고 있다. 한편 메이지 시대에 들어서며 적극적으로 추진된 근대화와 더불어 일본 정부는 공장 건설을 산업흥업정책의 일환으로 내세우며, 나라가 전면에 나서 공장화를 거국적으로 단행한다. 세계공황 이후 일본은 독자적인 중화학 공업화 정책을 펴며 패전 후(1945)의 고도경제성장의 기초를 마련했는데, 공장 건설과 부흥은 일본 정책의 중요한 핵심이었다.

「바람 속의 아이」에서는 이러한 시대를 살아가는 형 '젠타'와 동생 '산페이'의 이야기를 그리고 있다.[7]

2) 「바람 속의 아이」-놀이를 공유하는 존재로서의 형제

츠보타 죠지는 동화, 소설, 평론, 수필, 민담 등 다방면에 걸친 저술 활동을 병행하였는데, 「바람 속의 아이」는 《도쿄아사히신문東京朝日新聞》에 소설로서 연재되었다. 하지만 「바람 속의 아이」는 "일본에서 소수인 가정문학으로서 광의의 아동문학에는 포함되는 셈이고 실제로 그렇게 읽히고 있는 것이 현 실정이기도 하다. 이러한 츠보타 문학에 의해 일본 아동문학의 리얼리즘의 길은 하나의 커다란 도표를 세우게 된다."[8]라고 인식되고 있다. 한편 "죠지의 동화는 소설적이고, 소설은

---

6 鳥越信, 「作家群像 坪田讓治-作品と描写」, 『近代児童文学史研究』, おうふう(桜楓社), 1994년 11월, 173쪽.
7 김영순, 「박숙경, 「소설 속의 어린이, 동화 속의 어린이-현덕과 츠보타 죠지 비교」에 대한 토론글」, 자료집 『현덕의 삶과 문학세계』, 현덕 탄생 98주년 심포지엄, 2007년, 77쪽 참고.
8 管忠道, 앞의 책, 203쪽.

동화적이며, 이 둘은 하나다."라며 츠보타 죠지의 소설과 동화를 '동화 소설'이라고 명명하는 평론가[9]도 있다.

「바람 속의 아이」는 일본 아동문학에서 대표적으로 떠올릴 수 있는 형제 이야기로 실제 작가의 아들들이 모델이 되었는데, "작가 츠보타 죠지는 알지 못하더라도, 젠타·산페이의 이름을 알고 있는 일본인은 많다."[10]라고 언급될 정도로 유명하다. 『스물네 개의 눈동자』의 작가 츠보이 사카에壺井栄, 1899~1967의 경우, 「바람 속의 아이」를 가리켜 '나의 스승 「바람 속의 아이」'라고 지칭하며, 「바람 속의 아이」가 계기가 되어 자신의 초기 작품이 나왔음[11]을 밝히고 있다. 『절반의 고향半分のふるさと』으로 츠보타 죠지 문학상을 수상한 이상금イサンクム, 1930~ 또한 "제 작품 중에 「바람을 맞은 아이」라고 하는 「바람 속의 아이」와 닮은 듯한 단편이 있습니다. 츠보타 선생님의 영향이 잠재의식 속에 남아 있었는지도 모르겠습니다."[12]라며 「바람 속의 아이」에 대한 영향을 시사하고 있다.[13]

「바람 속의 아이」의 가족 구성은 아버지, 어머니, 젠타, 산페이 네 명이다. 아버지가 문서 위조 혐의를 받아 경찰서에 연행되고 살림살이가 전부 회사로 압류되면서, 동화 「마법」[14]에서처럼 놀이와 공상 속에

9 関英雄, 「坪田譲治論-初期作品を主として」, 『坪田譲治童話研究』, 岩崎書店, 1986년 10월 31일, 121쪽.

10 鳥越信, 앞의 책, 185쪽.

11 壺井栄, 『坪田譲治名作選 風の中の子供』(坪田理基男·松谷みよ子·砂だ弘編), 小峯書店, 2005년 5월 20일, 278~280쪽.

12 李相琴, 『坪田譲治名作選 風の中の子供』, 302~303쪽.

13 김영순, 앞의 자료집, 78쪽.

14 「魔法」, 『赤い鳥』, 1935년 1월호. 한국에는 「마술」로 번역 소개되어 있다. 토리고에 신

서 평온하게 하루하루를 지낼 것만 같았던 젠타와 산페이 형제는 위기에 직면하게 된다. 회사를 빼앗긴 뒤 집마저 빼앗길 위험에 처하고, 심지어 아버지는 감옥살이를 해야 될지도 모르는 상황에 처하게 되자, 부모는 감당하기 힘든 눈앞의 현실에 그저 망연자실하여 형제를 방치한다. 방치된 두 형제는 이상하게 돌아가는 집안 사정을 민감하게 감지하나 부모를 위해서 자신들이 할 수 있는 일은 아무것도 없어 보이고, 불안한 심리를 달래기 위해 수많은 놀이를 고안하여 그저 놀고 놀고 또 논다.

초등학교 5학년인 젠타와 1학년인 산페이는 둘 다 활동적이고 역동적인 소년이며, 공상가이다. 하지만 형 젠타 쪽이 좀 더 이성적이면서 공상가이고, 동생 산페이는 생각보다는 행동이 앞서고 놀이에 온몸을 던지는 그런 소년이다. 따라서 같이 나무타기를 하며 놀아도 형 젠타는 나무 위에 올라가 혼자만의 공상 세계를 펼치고, 나무에 못 올라가는 동생 산페이는 "양손 양발로 굵다란 둥치를 힘껏 껴안아 본다. 약 30센티도 못 올라가서 어느새 쭈루룩하고 미끄러진다. 이번에는 양손에 침을 바르고 온 힘을 다해 달려들었다. 역시나 쭈루룩 미끌어 떨어"[15]져 온몸이 긁혀 상처가 나도 나무타기에 도전하고 또 도전하는 '깡다구로 똘똘 뭉친' 소년이다. 그래도 두 형제는, "어제 아버지가 회사를 그만둔 오늘이다. 둘은 단결하여 킨타로, 긴지로들한테서 집을 지키지 않으면 안 된다. 아니 둘만의 세계라도 지키지 않으면 안 된

엮음, 서은혜 옮김, 이선주 그림, 『일본 근대 동화 선집 1-도토리와 산고양이』, 창비아동문고, 2001년 9월 27일.

15 坪田譲治, 「風の中の子共(1936)」, 『坪田譲治童話全集第11卷 お化けの世界・風の中の子供』, 岩崎書店, 1969년 5월 10일, 186쪽, 한국어번역은 본 글 필자.

다."[16]라며 집 안에 불어 닥친 위기 앞에서는 서로 힘을 합세한다.

하지만 형과 더불어 노는 놀이는 하나의 자연스런 이치 속에 존재하며, 동생 산페이 개인의 성장은 오히려 형과 떨어져 따로 보내진 외삼촌네 집에서 겪은 일들이 계기가 된다. 외삼촌과 외숙모의 대화 속에서 자신의 아버지를 비하하는 느낌을 받고, 그런 마음을 어디에고 풀 길이 없었던 산페이는 외삼촌 집 소나무에 오른다. 외삼촌네 마을 사람들이 자기에 대해서 속닥거리는 소리를 듣고 역시 그 마음 풀 길을 놀이에서 찾으며 대야타기를 하다 강물에 휩쓸려 떠내려가는 등 장난 같은 놀이를 통해 소년은 강해진다. 하지만 이것이 성장인지 무엇인지 산페이 자신도 모르고 부모도 모른다. 물론 이런 산페이의 변화된 모습은 놀이를 통해서 묘사된다. 아래 인용은 오랜만에 형 젠타와 산페이가 만났을 때, 형 젠타가 산페이의 성장을 목격하는 장면이다.

산페이는 쭈루룩 나무를 내려가기 시작했다. 능숙하게 내려간다. 5, 6일 만에 이토록 능숙해진 것이다. 아무 말 없이 산페이는 자신의 능숙함을 보여 준 것이다. 젠타도 지지 않고 능숙하게 내려갔다. 젠타가 내려오자 산페이는 나무를 오르기 시작했다. 나무타기도 능숙했다. 두세 차례 이 나무 타기 경쟁을 하고 둘 다 아래에 내려왔을 때 젠타가 맘먹고 불렀다.

"야, 산페이쨩"

"왜?"

---

16 위의 책, 187쪽.

이 소리와 함께 둘은 맞붙었다. 기쁘고 쑥스러운 마음을 풀 길은 이것 밖에는 없었다.

"뭐야, 약해졌잖아."

젠타가 말했다.

"뭐라구."

산페이는 얼굴이 빨개지며 손발에 힘을 주었다.

"그래. 조금은 세졌군."

"세단 말야."

산페이는 엄청나게 힘을 주었다. 끙끙거리며 밀어붙이는 것이다. 전부터 있었던 밀어내기 스모 동그라미에서 젠타는 일찌감치 밀려나 있었다.

"정말 세구나."

젠타가 말하자 산페이는 점점 밀어붙였다.

"졌다, 졌어."

그렇게 말해도 산페이는 미는 힘을 줄이지 않았다.

"아이구, 형이 졌다니깐."

"뭐야!"

마침내 젠타는 나무 울타리 노송나무 있는 데까지 밀려나 노송나무 잎사귀 속에 파묻히고 말았다.

"항복, 항복. 산페이쨩, 형 거 연필 줄 테니까."

거기서 간신히 산페이가 손을 뗐다.[17]

---

17 위의 책, 222쪽.

즉 이들 사이의 형제 관계는 뒤에서 다룰 『용과 함께』나 『화성에 간 내 동생』에서처럼, 동생인 산페이가 몸이 약한 동생이 아니라 형에 버금가는 운동 신경과 건강을 유지하고 있는 것이다. 따라서 동생은 형을 선망하고 형은 동생을 보호하는 관계보다는, 동생은 나보다 나이 어린 존재, 형은 나보다 나이 많은 존재로서의 형과 동생이 위치한다. 또한 5학년과 1학년이라고 하는 나이차로 인해 형제 관계에서 쉽게 볼 수 있는 서열이나 힘의 우위를 따지는 모습은 그리 보이지 않는다.

이처럼 「바람 속의 아이」에는 놀이를 공유하는 형제로서의 젠타와 산페이의 모습이 부각되어 그려져 있다. 산페이가 외삼촌 집에서 여러 놀이를 통해서 주변 사람들과 갈등을 촉발하고 그로 인해 성장할 수 있었던 것도 형 젠타와의 놀이로 평소 때부터 단련되어 있었기 때문에 가능하다. 한편 혼자 남아 집을 보는 형의 외로움을 달래주는 것은 동생 산페이를 떠올리며 노는 공상 속의 놀이이다. 이들이 공유하는 놀이는 가재도구가 전부 차압당하는 클라이맥스에서 바람 속에 내팽개쳐진 두 형제가 불안을 달래고 극복하고자 하는 장면에서 힘을 발휘한다.

> 둘은 너무나 지쳐서 더 이상 싸울 기력도 없었다. 근처에 있는 돗자리를 가져와 나무 아래에 펴고 그 위로 뻗고 말았다. 그리고는 헉헉 숨을 내쉬었다. 몸은 땀범벅이 되어 빨갛게 달아오르고 나무 타기를 하다 다친 무릎 주위도 아파 왔다. 하지만 온 힘을 다 쏟은 뒤라 기분은 좋았다. 하늘을 똑바로 응시하며 모든 걸 다 잊고 푹 쉬었다.[18]

---

18 위의 책, 234~235쪽.

우리들 인간 세상에서 끊임없이 되풀이되는 이해하기 힘든 부조리, 답답함, 불안, 분노 등을 어린이들 또한 모두 느끼고 있다. 문제는 이러한 감정을 어떤 식으로 해소하는가인데, 속으로 삭이거나 언변으로 토해내거나 음식을 먹거나 술을 마시거나, 회피하고 도망치거나, 변호사를 고용하여 맞소송을 걸거나 하는 어른들에 비해 산페이와 젠타는 그것을 놀이를 통해서 풀고 있다는 점이 주목할 만하다. 그리고 그런 놀이를 함께할 수 있는 존재로서 형제가 위치한다.

한편 동생을 외삼촌네 집에 홀로 보낸 뒤 형 젠타가 길거리에서 목격한, 엄마를 찾아 울부짖는 아이에 대한 애틋함은 동생 산페이에 대한 모성(부성)을 발아시킨다. 후반부에 산페이가 삼나무를 한 손으로 올라갈 수 있다고 큰소리치다 거짓말쟁이로 몰릴 위험에서 벗어난 것도 형 젠타의 등장에 의해서인데, 여기서의 젠타는 비록 젠타 본인은 전혀 의도하지 않았을지언정 생활 속 아이들 놀이 속에서 가끔씩 구현되는 구세주로서의 형이 존재한다.

3. 현대(1990년대)를 사는 형제 이야기
-『용과 함께』, 『화성에 간 내 동생』

1) 일본 현대 아동문학의 흐름과 시대 배경
일본에서는 1950년대 전후로 사회를 고발하고 직시하고자 하는 리

얼리즘 작품이 서서히 등장하게 되는데, 전쟁으로 인해 말살되어 가는 사람들의 일상을 그려낸 츠보이 사카에壺井栄의『스물네 개의 눈동자 二十四の瞳』(1952)를 그 대표작품으로 들 수 있다. 하지만 일본 현대 아동문학의 시작을 사토 사토루佐藤さとる의『아무도 모르는 작은 나라だれも知らない小さな国』(1959), 이누이 도미코いぬいとみこ의『나무 그늘 집의 소인들 木かげの家の小人たち』(1959) 등 판타지 작품이 쓰여진 1959년으로 두고, "일본 아동문학은 이 시기부터 산문성을 획득하고 새로운 국면을 개척하였다."[19]라고 보는 것이 정설로 되어 있다.[20] 1960년대 전후 이들에 의해 개척된 판타지는 이후 1980·90년대로 들어서 오카다 준岡田淳, 1947~, 도미야스 요우코富安陽子, 1959~, 오기하라 노리코荻原規子, 1959~, 우에하시 나호코上橋菜穗子, 1962~ 등의 새로운 작가와 작품으로 이어진다.[21]

한편 1960년대 중후반에는 야마나카 히사시山中恒, 1931~, 우에노 료上野瞭, 1928~2002, 나가사키 겐노스케長崎源之助, 1924~ 등에 의해 사회에 대한 비판의식과 직시를 담은 장편이 그려지며 그들의 아동문학 활동은 1970년대, 80년대로 확장된다. 또한 1960년대에 이어서 70년대에는 그림책의 강세가 이어진 것을 큰 특징으로 들 수 있다.

1970년대 중후반부터 80년대에 들어서며 아동문학은 '터부의 붕괴'를 맞이한다. "종래 아동문학에서 그다지 다루지 않았던", '성, 자살, 가출, 이혼' 문제가 그려지는데 "1970년 후반부터 아이들이 안고 있는 현

---

19 鳥越信, 앞의 책, 31쪽.

20 김영순, 「일본적인 판타지의 세계-사토우 사토루의『아무도 모르는 작은 나라』」, 〈아동문학과 판타지〉(동화와 번역연구소, 2007 춘계학술발표대회) 자료집, 50쪽에서 일부 참고.

21 김영순, 「일본 판타지의 현황과 의미-공존과 보호·수호가 내포한 의미를 중심으로」,『한국아동문학연구』제16호, 2009년 4월.

실 문제에 핵심을 둔 작품군이 나타나며, (…) 이들 작품군에서는 결말도 '행복의 약속'이 아니게 된다."[22] 이 중 대표적인 작가와 작품으로 나스 마사모토那須正幹, 1942~의 『우리는 바다로ぼくらは海へ』(1980), 히코·다나카ひこ·田中, 1953~의 『이사お引越し』(1980) 등을 들 수 있다. 1990년대 이후부터는 판타지와 청소년문학(영어덜트)이 강세를 보이며, "'터부의 붕괴' 이후의 아동문학은 아동문학이란 이미지가 확대되어 가며 '각양각색의 아동문학'이 병렬된, 다양화 시대"[23]로 접어들게 된다.[24]

위의 인용에서 언급한 1990년대의 '다양화 시대'에는 소설과 아동문학(청소년소설)과의 경계선이 불명확하게 되는데, 이 점에서 1930년대의 츠보타 죠지의 「바람 속의 아이」가 '동화 소설'이라고 명명되었던 점을 떠올릴 때, 1930년대와 1990년대는 아동문학이란 흐름 속에서도 공통성을 보여 준다.

현대에 형제라는 주제에서 보면 츠보타 죠지의 '젠타와 산페이' 캐릭터에 버금갈 만한 형제 이야기는 눈에 띄지 않는다. 그중에서도 60년대 작품인 『절뚝이의 염소ヒョコタンの山羊』(1968)(나가사키 겐노스케, 2006)에 등장하는 절뚝이네 형제 이야기와, 오빠와 여동생인 오누이가 등장하는 작품 중 90년대 형제 이야기와 상통하는 작품으로서 『말하는 나무 의자와 두 사람의 이이다ふたりのイーダ』(1969)(마쯔따니 미요꼬, 1996)를

---

22 石井直人, 「第18章 多樣化の時代」, 鳥越信編著, 『はじめて学ぶ日本児童文学史』, ミネルヴァ書房, 2001년 4월 10일, 332쪽.

23 石井直人, 앞의 책, 334쪽.

24 근대 일본 아동문학에서 90년대 이전 및 최근의 일본 현대 아동문학에 대한 이야기는 2강 〈식민지 전쟁 그리고 평화〉(김용란)에서 작품이 언급되었고, 1990년대 이후의 일본 현대아동청소년문학의 움직임에 대해서는 3강 〈YA문학과 스포츠(혹은, 스포츠와 청춘)〉(박숙경)에서 언급되었다(〈어린이와 문학〉 2010년 겨울 강좌-일본 아동 청소년문학, 2월 17일·24일).

들 수 있을 것 같다.[25]

1997년 작품인 『용과 함께』와 1999년 작품인 『화성에 간 내 동생』에 대한 형제 이야기로 들어가기 전에 1990년이란 시대에 대해서 좀 살피고 넘어가야 할 것 같다.

잘 알려진 대로 한국전쟁의 군수특수를 계기로 패전 이후의 경기를 회복한 일본 경제는 60년대부터는 취직 거품 경기로 치닫는 시기이다. 당시의 '생산현장에서 회사를 지탱하며' 지켜온 지금의 베이비붐 세대団塊世代는 이 시기를 "힘들었지만 일에 몰두할 수 있는 행복"[26]이 있었다고 회고한다. 하지만 '기술입국, 일본의 성장을 이끌어 온 사람들'의 거품 경제가 붕괴를 맞는 90년대 중반은 "90년대에 발굴된 싼 가격의 편리한 서비스는 저임금의 젊은 노동자들이 없으면 성립되지 않았"[27]음에도 불구하고, "회사는 일회용품 쓰듯이 사원을 버리는" 거품이 붕괴된 사회 속에 내던져진 젊은이들은 마치 일본 사회가 패전 후 가치관의 대전복을 경험해야 했듯이, "기존의 가치관을 상실하고 절망"[28]하며 자신의 삶들을 새롭게 개척해 가야 할 운명에 처하게 된다. 이러한 1990년대에서 어린이에 관해 특기할 만한 현상으로 소년범죄[29]와 '히키코모리'[30]를 들 수 있다.

---

25 이 작품에서 오빠는 여동생의 보호자이기도 한데, 여동생이 『용과 함께』, 『화성에 간 내 동생』의 동생들처럼 어떤 특수성을 갖고 있다.

26 「朝日新聞」, 2007년 1월 28일자.

27 「朝日新聞」, 2007년 1월 1일자.

28 「朝日新聞」, 2007년 1월 28일자.

29 1997년 14세 소년에 의해 자행된 '고베연속아동살상사건', 2000년 17세 소년에 의한 '버스납치사건' 등.

30 引き籠もり(ひきこもり, 引きこもり): 자신의 방에서 거의 모든 시간을 보내며 학교나 회

2) 『용과 함께』-관계를 회복해야 하는 존재로서의 형제와 짐 지워진 형

츠보타 죠지의 「바람 속의 아이」와 하나가타 미쓰루花形みつる, 1953~의 『용과 함께』는 60년이란 세월의 차이를 두고 있지만 표면상으로는 여러 유사점을 보인다. 가족 구성, 나이 차가 나는 형제 구성, 중산층, 회사 일에 쫓겨 가족을 등한시하는 아버지 등등.

하지만 60년이란 세월만큼 또한 많은 점이 다르다. 3인칭 시점인 「바람 속의 아이」와 달리, 1인칭 시점으로 '형'이 이야기를 이끌어 가는 점, 큰 두각을 나타내지 못하는 「바람 속의 아이」의 어머니에 비해 사후에 존재감을 부각시키는 『용과 함께』의 어머니, 존 버닝햄의 『알도』처럼 동생 곁에 언제나 머무르는 '용'이란 존재(단, 엄마도 알고 있다), 게임기[31]·만화영화와 같은 아이들의 놀이 변화 등등. 『용과 함께』는 이러한 요소를 경쾌한 문체로 담아내며 독자를 이야기 속으로 순식간에 빨려들게 한다.

동생 '도키오'는 엄마 살아생전에는 엄마와 공유한 '용', 엄마 사후에는 엄마 대변자 같은 '용'을 키우며, 「바람 속의 아이」의 산페이와 같은 1학년이지만 바깥 놀이보다는 방 안에서 노는 게임기나 텔레비전 만화를 선호하는, '엄마가 죽은 충격 때문에 자폐증'[32]이 생겨 반 년 동안 학교도 안 가고 집 안에서만 지내는 그런 아이이다.

사에 가지 않는 상태나 그런 사람을 가리킴. 인터넷 フリー百科事典 『ウィキペディア(Wikipedia)』에서 「引きこもり」로 검색하여 참고함. http://ja.wikipedia.org/wiki

31 1970년 중반 이후 모습을 보이는 가정용 게임기가 1983년에 들어서 저가격 고성능의 게임기로 개발되어 보급되며 어린이들의 놀이를 바꾸었다. 「ファミリーコンピュータ」로 검색, 출처는 위와 같음.

32 하나가타 미쓰루, 『용과 함께』, 46쪽.

한편 형 '다카시'는 본인 스스로가 얘기하길 초등학교 때까지는, "나는 건강하고, 머리도 좋고, 운동 신경도 보통 사람 이상이고, 나름 대로 친구도 있었다. 물론 중학교 입시 때문에 공부는 해야 했지만 공부만 파고드는 공부벌레도 아니었다. 그래도 운 좋게 제1지망에 합격"[33]한 그야말로 잘 나가는 소년이었나 보다. 이런 형 다카시는 사립 중학교에 들어가서부터 공부라는 경쟁에서 뒤처지며 학교생활에 흥미를 잃고 좌절을 맛보게 된다.

그래도 이럴 경우 흔히 친구들과 어울리거나 하며 바깥으로 나돌성도 싶은데 형은 여섯 살 이후 엄마를 독차지하는 동생과 담을 쌓고 지내던 것을 불현듯 그만두고, 동생 '도키오'에게 관심을 쏟기 시작한다. 다카시가 동생에 대해 어떻게 생각하는지 그의 말을 빌리면, '생뚱맞은 소리', '유치한 농담', '이런 어린애들 수준의 장난', '철부지', '나약', '내성적이고 공상적인 아이', '둔한 운동 신경은 세계에서 거의 다섯 손가락 안에 들어갈 것'이란 표현을 통해서 짐작할 수 있는 것처럼 표면적으로는 좋게 생각하는 것 같지 않다. 하지만 동생에 대한 이런 표현과는 달리 실제 다카시의 행동은 그야말로 친절하기 이를 데 없다.

진짜로는 믿지 않으면서도 동생의 '용'에 대해서 들어 주고, 역시 보이지도 않는 동생의 '용'과 함께 어울려 놀아 주고, 서점에서 『상담 지도 매뉴얼』을 구입해 읽어본 후 동생에게 적용하고, "아침밥을 해 줘야지. 도키오가 좋아하는 것으로"[34]라고 하는 등의 자상한 일면을 보여준다. 형은 혼자서 동생을 위해 좋은 상담자, 놀이 친구, 엄마 역할

---

33 위의 책, 45~46쪽.
34 위의 책, 95~96쪽.

까지 다 한다. 심지어 동생을 병원에 입원을 시키느냐 마느냐로 아버지와 얘기를 나누는 장면에서는 마치 아내 같은 역할로 그려지며, "'입원하는 것에 대해서는 네가 말해라." 그렇게 힘든 역할을 내게 떠맡겨 버렸다[35]며' 책임을 회피하는 아버지에 대해 불만스러워 하면서도 그 역할을 수행한다. 물론 나이 차가 확연히 드러나는 형제 중 어느 쪽이 아프고 게다가 가정을 돌보지 않는 아버지에, 엄마마저 부재할 경우에는 장남이 어느 정도 그 역할을 떠맡을 수밖에 없다. 그렇다 해도 형 '다카시'의 갑작스러운 변화와 그의 말과 행동의 불균형은 여하튼 나를 당황하게 한다. 형의 변화는 동생 도키오, 심지어는 다카시 본인에게까지도 의아한 건 마찬가지다.

> "달걀 프라이라도 먹을래?"
> 놀란 나머지 도키오의 얼굴 표정이 일그러진다.
> 하긴, 분명 동생으로서는 믿기 어려운 말일 거다. 그렇게 말한 나 스스로도 '진심이야?' 하고 의심하고 있으니까. 동생에게 아침밥을 챙겨 주다니 말이다.
> 프라이팬에 기름을 두르고 있는 나를, 동생은 일그러진 표정으로 뚫어지게 바라보고 있다.[36]

이처럼 『용과 함께』는 특유의 이야기 세계가 펼쳐지며, 겉으로는 '냉정한' 형 같지만 사실은 아주 이해심 많은 '1인 다역'을 해내는 '슈퍼 형'이 존재한다.

---

35 위의 책, 94쪽.
36 위의 책, 38쪽.

하지만 「바람 속의 아이」에서의 젠타와 산페이의 형제 관계와 견주어서 생각할 때, 『용과 함께』의 다카시와 도키오는 관계를 다시 회복해야 할 존재로서의 형제의 모습을 보여 주고 있다. 따라서 그런 그들의 관계 회복을 위해서는 계기가 되거나 이어 주는 그 무엇인가 매개체가 되는 것을 필요로 하게 되는데, 여기서 그런 역할을 하는 것이 바로 '용'이다.[37]

서양에서는 나의 성장을 위해서 대적해야 할 존재로서 일반적으로 '용'이 그려지는 것 같다. 그런 면에서 『용과 함께』의 '용'은 마음에 상처를 입은 동생이 가장 의지하는 존재로 그려진다. 이러한 보호자로서의 용의 이미지는 일본의 전설이나 옛이야기를 살펴보면 그다지 생소한 것은 아니다. 예를 들면 마츠타니 미요코의 『용의 아이 타로龍の子太郎』(1960)는 일본에서 예로부터 전해지는 전설을 바탕으로 쓰여진, 새로 창작된 옛이야기로서 어머니의 화신인 용이 타로를 보호하고 타로의 성장을 돕는 존재로 그려진다. 따라서 일본에서의 '용'의 존재를 생각할 경우 이 점은 이해가 된다. 오히려 『용과 함께』에서 문제시해야 할 지점은 형 다카시와의 관계에서 볼 때 '용'의 존재다. 그것은 바로 동생의 보호자와 이해자이기도 했던 '용'에게서 독립하여 형이나 동생의 극복과 자립이 그려졌다기보다는, '용(엄마)'의 역할이 고스란히 형에게로 전이되었다는 점을 가리킨다. 내가 70년대 농촌에서 자랄 때 주변에서 흔히 목격할 수 있었던 큰형, 큰언니, 큰누나, 큰오빠에게 지워졌던 짐(경제성)이 90년대 일본에서는 비록 경제적으로 져야 할 부담이나 짐은 약화되었을지언정, 정신적으로 부담해야 할 짐이 가중된 것은 흥미롭다.

---

37 이번 원고는 형제 이야기에 초점을 맞추고 있어 그다지 '용'에 대해 다루지 않았지만 이 작품에서는 '용'과 어머니에 대한 문제에 대해서도 만만치 않은 생각거리를 던져주고 있다.

형제 이야기는 시대의 흐름과 그 사회, 가족이란 문제 속에서 폭넓게 논의되어져야 할 것이기는 하지만, 그래도 특히 현대를 사는 『용과 함께』의 형이 정신적으로 부담해야 할 짐의 무게는 남다르다고 할 수 있다.

이 가중할 짐을 진 채 현대를 사는 형은 그럼에도 불구하고 자기 자신이 입은 상처에는 소심하다.

> (…) 내 머릿속에서는 이해할 수 없는 물음들이 빙글빙글 맴돌고 있었다.
>
> '나는 왜 이런 곳을 걷고 있는 것일까? 왜 도키오를 이런 곳에 데리고 왔을까?'
>
> 밖으로 데리고 나오면 이상한 망상에 사로잡혀 있는 동생이 조금은 나아질지도 모르니까? 그러니까 기분 전환을 위해? 그런 생각을 한 건 사실이다. 하지만 사실은 나 자신도 기분을 전환하고 싶었던 게 아닐까?
>
> 요즘, 나는 기운이 좀 빠져 있었다.
>
> 내가 느끼는 첫 좌절감. 무엇을 해도 잘 되지 않는다.[38]

형의 이런 좌절감이나 엄마를 독차지한 동생에 대한 복잡한 심리 등이 해소되거나, 갈등이 생기고 그 갈등을 통해 형제간에 서로 부딪치며 성장해 가는 것이 아닌, 모든 문제 해결을 형에게 일방적으로 짐 지운 것은 분명 경계해야 할 문제다. 특히나 결론 부분에서 아버지는 과감히 회사를 그만둔 후 마당이 있는 집으로 이사하고, 동생은 새 학교로 전학하는 것에 비해, 형은 좌절감을 주는 학교를 그만 두기는커녕 두 시간이나 걸려서 통학하고, "나는 이제 학교에서 열심히 해볼 생

---

38 사소 요코, 『화성에 간 내 동생』, 45쪽.

각이다."라고 각오를 다지며 그 이유를 "시골 단독 주택에서 아버지와 도키오와 포치를 상대하며 조용히 살기에는, 나는 너무 젊으니까. 그렇다 실은 그렇다. 우리는 지금도 용과 함께 살고 있다."[39]라고 이끌어 가는 부분이 그렇다. 떠나보낸 줄 알았던 용이 함께 살고 있는 것도 큰 놀라움이지만 현실과 판타지 세계를 자유롭게 넘나드는 것처럼 보이는 동생과는 달리 현실 세계를 인지하고 있는 형이 용을 인정하고 함께 살고 있는 부분은 지금까지의 이야기 속에서 형이 보여 준 1인 다역의 역할을 떠올릴 때 과연 그런 과정에서 형은 어떤 성장을 거두었는가 하는, 의구심을 갖게 한다.

3) 『화성에 간 내 동생』—역시 관계를 회복해야 하는 존재로서의 형제와 형의 변화

사소 요코[40]의 『화성에 간 내 동생』은 하나가타 미쓰루의 『용과 함께』보다 2년 뒤 출간되었다. 역시 가족 구성원, 가정환경 등은 「바람 속의 아이」, 『용과 함께』와 비슷하다. 하지만 다른 점은 형 '야마구치 다쿠마'와 동생 '야마구치 겐지'의 나이 차이가 한 살밖에 안 난다는 것과, 이들 형제 부모는 아버지가 야근으로 바빠 보이기는 하지만 적절하게 아이들과의 관계를 유지하고 있는 것처럼 보이는 것, 부모가 심적으로 충격을 받을 만한 사회적인 압박이 그려져 있지 않다는 것, 그리고 형 '야마구치 다쿠마'의 학교생활에 많은 비중을 두고 그려져 있다는 점이다. 『용과 함께』와 마찬가지로 여기에서도 형이 이야기를 이끌어 가는 1인칭 시점이다. 그리고 "용"의 역할은 동생 '야마구치 겐지'가 언제나 쓰

---

39 위의 책, 114쪽.
40 笹生陽子(さそうようこ). 작가의 출생년도에 대한 정보는 알 수 없었다.

고 다니는 '고글'과 '화성'이 담당한다.

『용과 함께』의 형 '다카시'처럼 '야마구치 다쿠마' 또한 "야마구치 넌 뭐든지 잘하잖아. 반에서 그렇게 눈에 띄진 않지만 공부도 썩 잘하고 운동도 잘하잖아?"[41] "응, 역시 야마구치 넌 잘하는구나."[42]라는 친구들의 증언에서도 알 수 있는 것처럼 공부, 운동은 물론이고 남자친구와 여자친구에게까지 인기가 있는 『용과 함께』의 '다카시'와 마찬가지로 잘나가는 형이다. 단, 『용과 함께』의 '다카시'가 말로는 시도 때도 없이 동생을 비꼬는 듯한 냉소적인 말투를 썼음에도 실제로 하는 행동은 시종일관 친절했던 반면, 『화성에 간 내 동생』의 '다쿠마'는 말투도 삐딱하고, 행동 또한 삐딱하여 동생을 골탕 먹인다는 점은 서로 다르다.

이런 형의 눈에 비친 동생은 '괴상한 녀석', '쓸모없는 녀석', '운동신경이 없는 녀석', '허풍쟁이 녀석', '외계인'이다. 그리고 "(…) 겐지는 내가 바라는 이상형의 동생이 전혀 아니었다. 아마 병 탓일 것이다. 겐지는 다른 사람보다 성장이 늦어서 작은 데다가 얼굴 생김새도 개구쟁이 같다. 옷 입는 것도 유치하기 짝이 없다."[43]나, "태어날 때는 다섯 살까지 살 수 있을지 모른다고 했어. 미숙아인 데다 체력도 약하고 호흡기도 너무 약해서 말야."[44]라는 형과 엄마의 증언에서 알 수 있는 것처럼 두 형제는 실제로는 6학년, 5학년으로 한 살 터울밖에 나지 않지만, 심리적으로는 마치 젠타와 산페이 형제나, 다카시와 도키오 형제처럼

41 사소 요코, 앞의 책, 91쪽.
42 위의 책, 98쪽.
43 위의 책, 22쪽.
44 위의 책, 23쪽.

나이 차가 좀 더 나는 형제로 묘사된다.

이런『화성에 간 내 동생』의 동생 겐지는 걸핏하면 천식 발작을 일으키고 오랫동안 투병[45] 생활을 겪었지만, 그의 저돌적인 자세는『용과 함께』의 도키오보다는「바람 속의 아이」의 산페이에 가깝다. 산페이가 형이 수월하게 올라가는 감나무에 자신도 언젠가는 올라가기 위해 도전하고 또 도전하는 것처럼, 겐지 또한 "난 말이야, 지금도 원하고 있어. 지금보다 좀 더 건강해져서 자전거도 더 잘 타고 싶다고 말이야. 그래서 언젠가는 내 발로 땅을 차며 달릴 거야. 솔직히 말하면 난 마라톤 선수가 될 거야. 꼭."[46] 하면서 자전거 페달을 밟다 중심을 잃고 마치 화성에 착륙하듯 날아 바닥으로 나가떨어지며 고글 오른쪽 렌즈에 금을 낼 정도로 저돌적이다.

마지막에는 그런 동생의 열정이 형에게도 전해져, "겐지는 내 어깨에 손을 얹은 채 눈을 깜빡였다. 렌즈 안쪽에서 별보다도 강하게 두 눈이 빛났다."[47]며 동생에게 동화되고 감응하기 시작하는데, 그때의 기분은 그를 "어젠 화성에 갔어.",[48] "동생 녀석이 이 고글을 쓰고 자전거를 타고 화성에 갔거든. 착륙할 때 바위에 부딪쳐서 생긴 금이 이거야. 진짜야."[49]라며 동생의 고글을 쓰고 장애물 경주에 나서기까지 한다.

---

45 운동신경이 없고 병약한 동생 패턴은 현대 형제 이야기에서 자주 묘사된다. 이번에 언급하지는 않았지만, 『그리고, 개구리는 뛰었다』(히로세 히사코 글, 박영미 그림, 고향옥 옮김, 주니어 김영사, 2005년 12월 2일) 또한 형제 이야기가 나오는데 동생이 병약하다.

46 사소 요코, 앞의 책, 23쪽.

47 위의 책, 165쪽.

48 여기서 형 다쿠마가 말하는 "어젠 화성에 갔어."는 일본어판의 원 제목(『きのう、火星に行った』)이기도 하다.

49 사소 요코, 앞의 책, 171쪽.

초반부 외부와의 관계를 차단하고 있는 것처럼 보인 형 다쿠마가 변해 가는 과정에는 학교에서의 일(친구 관계, 달리기, 장애물 경주) 또한 중요하게 작용하고 있지만 가장 큰 계기가 되는 것은 동생과의 관계라고 볼 수 있다. 이처럼 『용과 함께』에서 나타났던 관계를 회복해야 하는 존재로서의 형제는 여기서도 되풀이되어 나타나고 있음을 알 수 있다.

> (…) 알면서도 모르는 척하면서 살아왔다. 마음의 문을 꼭 닫고 모르는 척하면서 살아왔다. 왜냐고? 그게 편하기 때문이다. 내게 불편한 일이라면 모른 척하는 편이 낫기 때문이다.
> (…) 겐지 목소리가 머릿속에서 울렸다.
> 소중한 건 상상력과 집중력과 믿는 힘.
> (…) 왜 그런지 까닭은 잘 모르겠지만 엄청난 일이 일어났다. 호기심 있게 푸하핫 하고 웃음을 터트리고 싶을 정도로 기분이 유쾌해졌다.
> (…) 믿을 수 있겠니?
> 야마구치 다쿠마는 자신한테 말했다.
> 믿을 수 있겠어. 야마구치 다쿠마? 지금 난 진짜야.[50]

위 인용은 『화성에 간 내 동생』의 마지막 부분에서 발췌한 것이다. 허들 경기에 나선 형 다쿠마의 심리 변화가 잘 드러나 있다. 형 다쿠마가 동생 겐지와의 관계를 통해, 자신의 마음 속 깊숙이 억압하고 있었던 생동하는 역동성을 회복하고 알아채 가는 과정이 감동적이다.

---

50 위의 책, 176~179쪽.

『용과 함께』의 마지막에서 보여 준 형의 퇴행과는 달리 어떤 변화의 모습이 느껴진다. 하지만 영화에 관한 취미나 성향 등이 너무도 다른 형과 동생이 '고글'과 '화성'을 매개체로 서로 동화되어 가고 변화되어 가면서 서로를 받아들여 가는 과정을 형의 성장으로 순수하게 받아들이기에는 왠지 석연치 않다.

이와 관련하여 『화성에 간 내 동생』에서 동생이 상상의 세계에서 착지한 '화성'을 형은 동생이 쓴 고글 너머로 간접 체험하고, 자신도 동생과 화성에 다녀왔다고 타인에게 보고할 정도까지 가는 것 또한 과도한 비약이 엿보인다. 즉 이들 형제가 함께 바라고 열망하는 '우주'[51]라는 확장은 현실에 대한 인식이 탄탄하지 못한 채 꿈꾸는 것이어서 상상력을 비대시킨다. 우주로 확장되는 원대한 꿈과 행복한 이상 또한 좋지만, 지금을 살고 있고 앞으로도 닥쳐올 현실을 살아가는 형제 이야기이기 때문에 먼저 이 지구상에 나의 두 발로 단단히 착지하여 내딛는 그런 현실 가능한 꿈을 제시해 주었으면 하는 것이 솔직한 바람이다.

하지만 『화성에 간 내 동생』에서 형 다쿠마가 동생 겐지를 '외계인'이라고 생각하고 있는 것처럼, 동생 겐지 또한 모든 것에 열정을 보이지 않는 형에게 '형이 유별난 거야.'라고 말하고 있는 점은 새겨들을 만하다. 즉 나에게 동생이 외계인으로 느껴졌다면 동생이 생각하는 나도 어쩌면 외계인으로 느껴질 수 있다는 발상 말이다. 특히 형제 관계일 경우, 때로는 서로를 의지하는 존재이기도 하지만 여러 의미에서

---

51 『용과 함께』의 원작을 보면 형 다카시 이름은 한자로 '宇史'로 표기되어 있고, 동생 도키오의 한자 이름은 '宙夫'로 되어 있다. 이 둘의 이름 첫 글자를 조합하면 '宇宙'가 된다. 이 작품에서도 형제를 통해 우주로 확장되는 꿈을 제시하고 있다.

경쟁자이자 라이벌이기도 하며, 성향이 다르고 그 다른 성향을 서로 인정하지 않을 경우에는 정말이지 타인보다 더 힘든 존재이기 때문이다. 우리는 그런 형제를 통해 한 가족이지만 서로 전혀 다른 존재라는 것을 가정 안에서 터득해 가기도 한다. 즉 '나'를 포함한 각각의 외계인이 바로 한 집 안에 함께 존재하고 있다는 '깨우침'(또는 깨달음이나 자각)을 형제를 통해서 인식해 가는 것은 중요하다.

4. 형제 이야기와 행복한 결말

「바람 속의 아이」, 『용과 함께』, 『화성에 간 내 동생』은 형제에게 희망·이상을 담은 것이 가장 큰 공통점이라 볼 수 있다. 「바람 속의 아이」의 아버지가 혐의를 벗을 수 있는 문서를 발견하는 계기를 주는 이는 바로 젠타와 산페이이다. 『용과 함께』와 『화성에 간 내 동생』 또한 형제 관계가 회복되며 행복한 결말을 맞이한다. 주인공 형제들이 행복한 결말에 이르기까지 여러 고생들을 하고 있는 듯 보이기에 독자인 나 또한 물론 그들이 행복해져서 다행이기는 하지만, 한편으로는 현실과의 괴리를 생각할 때, 아동문학에서의 리얼리즘[52]의 문제와 희

---

52 「바람 속의 아이」의 경우 형제의 '리얼리티'는 그려졌으나, 결론 부분의 행복한 결말을 생각할 때는 리얼리즘에 대해 의구심을 가질 수밖에 없다. 또한 『용과 함께』와 『화성에 간 내 동생』은 지금 현대를 살아가는 아이들의 일상적인 모습을 리얼하게 포착하였을 지는 몰라도 같은 의미에서 리얼리즘이 구현되었는가에는 의구심이 든다.

망이란 두 문제를 다시 한 번 생각해 보지 않을 수 없다. 특히나 현실에서는 수많은 갈등을 내포하고 있는 형제에 관한 이야기이기에 더욱더 그런 생각이 드는지도 모르겠다.

하지만 앞에서도 살펴보았던 시대 상황과 더불어 생각할 때 이런 행복한 결말은 많은 시사점을 던져준다. 중일전쟁을 앞둔 1936년이란 시대상에서 일본에서의 아이들 문제는, "친족들간의 분쟁에 지치고 절망한 죠지에게, 또한 이미 세 자식을 둔 부모의 입장에서 봐서도 아이 문제는 남 일이 아니었다. (…) 일본을 파국의 운명으로 몰고 갈 거대한 역사의 톱니바퀴가 구르기 시작하는 것을 긴박한 사회 상황 속에서 민감하게 감지한 이들에게 미래를 맡길 아이들의 문제는 갑자기 큰 관심사"[53]로 재부각되는 시대였기 때문이다.

한편 70년·80년이란 고도경제성장과 거품 경제로 치닫는 시기의 일본은 나라가, 회사가, 공장이, 그리고 그 사회 속에 속한 이들이 거대경제대국의 일본 건설과 유지를 위해 앞만 보고 '참으로 열심히 산' 시대이기도 하지만, 그러한 빛의 이면에는 도시 빈민,[54] 가정 파탄 등이 또한 엄연히 존재한 것이 현실이었다. 이처럼 "'고도경제성장' 이후 일본 사회는 도시화, 소비화, 정보화가 진행되어 가는 것에 따라 크게 변화"[55]하면서, 이런 비대해져 가는 경제 상황과는 대조적으로 인간의 마음은 '치유'를 갈망하게 되는데, 아동문학에서 "90년대의 특징이

---

53 鳥越信, 「作家群像 坪田讓治−作品と描写」, 『近代児童文学史研究』, おうふう(桜楓社), 1994년 11월, 180쪽.

54 川村たかし, 『昼と夜のあいだ−夜間高校生』(1980)은 야간고등학교에 입학하기 전까지의 입학생들의 가난한 삶이 리얼하게 그려져 감동을 준다.

55 石井直人, 앞의 책, 336쪽.

라고 볼 수 있는 것으로 주인공이 어떠한 연유로 마음의 상처를 입고 그 상처를 회복할 때까지의 이야기"[56]가 그려졌다는 점은 주목할 만하다. 이 점에서 전쟁을 통한 자국의 발전을 꾀한 1930년대의 상황과 경제대국이라는 거품이 포화상태에 이른 1990년대 상황은 중첩된다. 즉 삶에서 그 무엇인가 '상처'받은 이들이(작가가, 출판사가, 독자가) 형제 이야기를 '행복한 결말'로 처리해 '치유'를 찾고자 한 점에서는 어딘가 고개가 끄덕여지는 부분이기도 하다.

하지만 이처럼 형제에게 희망과 이상을 말할 수밖에 없는 시대적 상황을 고려할 때는 그런 대로 이해가 된다고 해도, 그 후의 형제 각자의 자립 문제를 생각했을 때는 상황이 달라진다. 특히나 1990년대에 그려진 두 작품『용과 함께』,『화성에 간 내 동생』에서 동생의 용이나 고글만이 아닌 형제가 각자 대등하게 함께 공유할 수 있는 그 무엇이나 치열한 갈등이 없이, 성급하게 관계가 회복되고 어느 한 쪽이 급격하게 변화하는 모습에는 여전히 의문이 간다.

5. 나오며

놀이를 공유하던 「바람 속의 아이」의 두 형제 상은 1990년대에 들

---

56 위의 책, 335쪽. 여기서 石井直人는 梨木香歩,『西の魔女が死んだ』(1994, 한국어제목은 『서쪽으로 떠난 여행』(2003))를 그 예로 들고 있다.

어서며 동생 쪽이 마음의 상처를 받아 자폐적인 증상을 보인다거나 병약하지만, 그에 반해 형 쪽은 '슈퍼맨' 같은 존재같아 균형이 깨져 있음을 알 수 있었다. 또한 한때 균형이 깨졌던 그들의 관계가 영원한 평행선을 긋는 것이 아니라 서로의 관계를 회복해 가는 쪽으로 이야기가 진행되어 가는 점도 흥미로웠다.

현대로 들어서며 가족 속에서의 소통 부재, 타인과의 소통을 통한 새로운 가족 구성 등에 관한 이야기가 그려지는 상황에서 이들 이야기가 가족, 그것도 형제에 초점을 맞추어서 소통의 회복, 관계의 회복을 그린 점은 분명 흥미롭다.

그리고 현대를 사는 형제 이야기를 다룬 90년대의 두 작품『용과 함께』와『화성에 간 내 동생』속에서의 형제 이야기는, 결국은 허약하고 병약한 동생과는 대조적으로 육체적으로 건강해 보이는 듯했던 형들 또한 정신적으로나 마음에 상처를 입고 있음을 알 수 있었다. 즉 이들 작품에서는 상처받은 일본현대사가 동생은 물론이고 형들에게도 투영된 것을 목격할 수 있다. 이처럼 1930년대라는 근대에 젠타와 산페이를 바람 속으로 내몰았던 상황은 현대 형제 이야기 속에서도 계속 되풀이되고 있음은 물론이고, 오히려 가중되고 굴절된 형태로 드러난 점은 눈여겨볼 만하다.[57]

---

57 이 원고는 〈현대를 사는 형제 이야기〉(겨울 강좌 일본 아동 청소년문학, 1강, 2010년 2월 10일)란 제목으로 어린이와 문학 주최 강좌에서 발표한 글을 바탕으로 수정된 원고로, 강좌 당일 토론자로 나와주신 『용과 함께』의 번역자 고향옥 선생님 및 참석해 주신 분들에게서 많은 도움과 시사를 얻었다. 한편 강좌가 끝난 뒤 인터넷 카페 이야기밥(http://cafe.daum.net/iyagibob)에 의견을 올려주신 이재복 선생님(외국 어린이 책 공부, 〈어린이와 문학〉 일본 아동문학 강좌 1강을 듣고)과 댓글 의견에서도 역시 많은 도움과 시사를 얻었다.

2장

미야자와 겐지의 삶과
「구스코 부도리의 전기」

1. 들어가며

미야자와 겐지는 1896년 8월 27일 일본의 동북지방인 이와테현에서 태어나 1933년 9월 21일 37세의 나이로 작고하기까지 시와 동화를 썼으며, 독실한 불교 신자로 포교활동에 힘쓰기도 했다. 또한 농업학교 교사며 농지개량 연구자이자 과학자였다.

생전에 시집 『봄과 수라』와 동화집 『주문 많은 음식점』을 자비출판하였고, 잡지와 동인지 및 신문 지면에 몇 편의 시와 동화를 게재했다. 당시 아동문학계에서는 그의 동화가 평가를 얻지 못하였으나, 사후 재평가가 이루어져 오늘날에는 일본에서 존경받는 문학가 중 한 명이다.

겐지 동화의 특징은 원고를 수정하고 다시 쓰는 퇴고 작업을 끊임없이 되풀이하며 인간의 본질적인 여러 삶의 모습에 천착하고, 인간과 자연의 본성을 꿰뚫어 보며 더불어 살아가는 다양한 생명체와의 교류를 그려낸 점이라 할 수 있다.[1]

소년소설 「구스코 부도리의 전기」는 미야자와 겐지가 타계하기 일년 반 전인 1932년 잡지 『아동문학』에 발표되었다. 「구스코 부도리의 전기」는 제목 그대로 주인공 구스코 부도리의 전기로 그의 어린 시절부터 죽음을 맞이하기까지의 일대기를 그린 중편이다.

---

[1] 〈한국과 일본에서 본 미야자와 겐지 동화의 세계〉란 제목으로 2008년 6월 14일에 개최한 '건국대학교 동화와 번역연구소 2008년 춘계 정기세미나' 및 '동화와 번역연구소-오사카국제아동문학관 학술교류기념 국제학술대회' 때 필자가 작성한 전시회 해설 일부를 재정리하였다.

「구스코 부도리의 전기」는 냉해, 농업, 질소 비료, 학문과 과학에의 추구, 타인의 행복을 위해 죽음을 선택하는 구도자의 길 등으로 인해 작가 미야자와 겐지의 인생과 대조해 논의되는 작품이다.

미야자와 겐지는 1918년 22세 때부터 동생들에게 「거미와 민달팽이와 너구리」, 「쌍둥이 별」 등을 들려주면서 동화를 집필하기 시작했다. 그리고 이어서 1921년에 도쿄로 상경하여 본격적인 동화 집필 작업에 들어서게 된다. 그중, 1920년에서 22년경 사이의 집필로 추정[2]되는 초창기 작품으로 「펜넨넨넨·네네무의 전기」가 있다.

「펜넨넨넨·네네무의 전기」는 「구스코 부도리의 전기」와 깊은 연관을 맺고 있다. 즉, 「펜넨넨넨·네네무의 전기」는 「구스코 부도리의 전기」의 원형이 되는 작품이다. "두 작품 사이에는 개작이라고 하는 기준에 꿰맞추기에는 어려운 간격이 있다. 하지만 그렇다고 해서 별도의 작품이라고 단정해버리기에는 두 작품은 너무나도 가까운 관계"[3]에 있다.

미야자와 겐지 창작활동 중 초창기 작품에 해당하는 「펜넨넨넨·네네무의 전기」와 말년 작품인 「구스코 부도리의 전기」에는 근대를 살다 간 작가 미야자와 겐지의 삶의 변화와 과정과 특성이 잘 드러나 있다.

---

2 池上雄三, 「〈ペンネンネンネンネン·ネネムの伝記〉-成立年代について」, 『國文学 解釈と鑑賞』(1984년 11월)에 의하면, 이 작품은 1921년 전후에 미야자와가에서 집사를 맡고 있던 세키 테츠조(関鉄三) 씨가 작가의 의뢰를 받아 필사한 것으로 알려졌다. 따라서 집사가 근무한 시기를 이 작품이 쓰여진 시기로 추정하고 있을 따름이므로 정확한 년도를 파악하기는 어렵다.

3 鈴木健司, 「〈ペンネンネンネンネン·ネネムの伝記〉試論-鬼神の棲む空間」, 『日本文学』, 1992년 2월. 12쪽.

이 글에서는 「구스코 부도리의 전기」를 중심축으로 하여 「펜넨넨넨넨·네네무의 전기」와의 관계를 살피면서 동화작가 미야자와 겐지의 삶을 접목시켜 근대 속의 삶을 탐색해 보고자 한다.

2. 한국에서의 겐지 동화 번역의 특징과 미야자와 겐지의 소년소설

1) 한국에서의 미야자와 겐지 동화 번역 상황

「구스코 부도리의 전기」와 「펜넨넨넨넨·네네무의 전기」는 2006년 사계절 출판사에서 간행된 『구스코 부도리의 전기』를 텍스트로 한다. 이 단행본은 표지 제목인 「구스코 부도리의 전기」와 그 원본이자 이본이라 할 수 있는 「펜넨넨넨넨·네네무의 전기」가 함께 실려 전문가적인 시점을 가지고 번역·되었음을 알 수 있다.

1990년 이후 한국에 번역된 미야자와 겐지 동화를 보면 가장 큰 특징으로 『은하철도의 밤』이 다양한 번역가와 출판사에 의해서 중복 출판된 것을 들 수 있다. 그 다음 특징으로 2003년 이후 미야자와 겐지 동화를 텍스트로 하여 한국 일러스트레이터가 그린 한국에서의 그림책 출판이다. 전집 5권, 단행본 3권을 포함해 모두 8권이 그림책으로 나왔다. 현 상황에서 한국에서 전집 그림책이 갖는 의미와 더불어, 일러스트레이션을 중심으로 한 이들 8권의 그림책 연구, 그 밖의 미야자

와 겐지 동화 텍스트의 한국말 개작 과정에서 일어나는 문제점에 대한 탐구와 정리가 필요하리라 본다.[4]

이들 그림책까지 포함해서 「은하철도의 밤」 다음으로 인기를 모으고 있는 겐지 동화 작품으로 「주문 많은 음식점」과 「첼로 연주자 고슈」를 들 수 있다. 이런 상황에서 『구스코 부도리의 전기』의 번역 출판은 이색적이면서도 독창적으로 볼 수 있다. 필자가 『구스코 부도리의 전기』의 번역자에게 이 책을 출판하게 된 계기를 문의한 결과, 번역자로부터 근대 아동문학 연구단체인 한일 아동문학연구회에서 미야자와 겐지 공부를 하다 관심을 갖게 되었다란 답신[5]을 받았다. 즉 이 작품은 한국 안에서 미야자와 겐지 동화의 번역이 지속되고, 아동문학에 대한 탐

---

4 2008년 6월 14일에 있었던 〈한국과 일본에서 본 미야자와 겐지 동화의 세계〉 세미나에서 일본 측은 스즈키 호나미(오사카국제아동문학관), 한국에서는 임정은(출판편집 및 기획)에 의해 겐지 동화 그림책에 대한 문제제기가 있었다.

5 2008년 9월 7일 일요일, 오후 23시 44분 53초에 받은 번역가 이경옥 씨 이메일 답신 내용. 이경옥 씨의 허락하에 게재 인용함. 아래는 그 전문.
"미야자와 겐지는 한일 아동문학을 공부하면서 알게 되었는데 그때까진 그냥 일본의 대표적인 아동문학 작가, 혹은 아직도 읽히는 작가 정도, 게다가 어린이와 문학파쪽(이시이 모모코)에서 가장 작품성을 인정한 작가 그런 도식적인 걸로 알고 있다가 작품 세계에 오묘함에 (처음엔 「주문이 많은 요리점」과 「바람의 마따사부로」) 끌렸었지요.
그러다가 본격적으로 한일 아동문학에서 한 학기 동안 겐지에 대해 공부를 했지요. 작품들과 비평서, 생애에 대해서 읽고 토론을 했어요. 그러다 보니 「구스코 부도리의 전기」에 대해서도 자연히 알게 되었고 이 작품의 의미도 알게 되면서 꼭 한번 번역해 보고 싶다는 생각을 했고 번역해 두었지요.
제가 번역해 둔 걸 엄혜숙 선생님이 읽고는 『아침햇살』이란 최윤희 선생님이 하는 잡지에 보내보란 말을 듣고 보냈더니 그곳에 실었어요.
그 다음엔 사계절 김태희 씨를 우연히 만나서 일본 아동문학작품 이야기를 하다 제가 미야자와 겐지 이야기를 하고 「구스코 부도리의 전기」 작품에 대해 이게 비록 상업적으로 많이 팔릴 작품은 아니지만 겐지를 이야기할 때 이 작품을 빼고 이야기할 수 없다, 겐지의 기념비적 작품이다, 아마도 겐지 자신이 이렇게 살고 싶다는 바람이었을 것이다 라며 피를 토하며(?) 얘기를 했더니 관심을 가지시더라고요. 김태희 씨가 「구스코 부도리의 전기」를 읽고는 바로 책으로 내자, 그렇게 된 거죠."

구가 전문적으로 이루어지는 시점에서 번역되었음을 알 수 있다.

또한『구스코 부도리의 전기』는 미야자와 겐지의 본문을 잘 살려 중후하고 고전적이면서도 그림 속에 또 다른 재미와 확장되는 해석을 담은 삽화,[6] 인물과 시공간을 중심으로 한 깊이 있는 해설이 곁들여져 있는 점도 그 의의라 할 수 있다.

2) 미야자와 겐지의 소년소설

이 글에서는 「구스코 부도리의 전기」의 장르를 '소년소설'로 구분한다. 이는 생전 미야자와 겐지가 남긴 메모에서 연유한다.

겐지가 분류한 '소년소설'은 「포라노 광장」, 「바람의 마따사부로」, 「은하철도의 밤」, 「구스코 부도리의 전기」 등 네 편을 가리킨다.[7] 생전 미야자와 겐지 본인에 의해 소년소설로 명명된 것은 이들 네 작품

---

6 예를 들면, 18쪽에 그려진 삽화, 바구니를 짊어진 눈이 날카로운 남자 장면이 그렇다. 이 남자는 부도리의 여동생 네리를 납치해 가는데, 그가 짊어지고 있는 바구니 속에는 네리 말고 이미 납치당해 허우적거리고 있는 두세 명의 아이들 머리와 두 손이 표현되어 있다. 겐지 글 속에서는 미리 잡혀 바구니 속에 들어 있는 아이들에 대한 묘사가 보이지 않는 걸로 보아 일러스트레이터의 새로운 해석 및 창작이라 볼 수 있다. 또 한 예로 112쪽 「펜넨넨넨·네네무의 전기」를 들 수 있다. 112쪽 삽화에는 성냥개비가 들어 있는 성냥통이 그려져 있는데, 성냥개비가 동료 성냥개비에게 작은 성냥개비 사기를 강요하고 있다. 이는 아이 같지만 괴상하게 생긴 후쿠지로가 한문문문문 무무네 시 요괴들에게 성냥통을 살 것을 강요하는 묘사를 한 번 더 뒤틀어 패러디 형식으로 재미있게 표현했다고 볼 수 있다. 게다가 18쪽의 「구스코 부도리의 전기」의 남자가 입고 있는 기모노 눈 모양과 112쪽 성냥통 눈 모양이 동일한데, 이 또한 두 텍스트를 일러스트레이터가 새로운 해석과 창작으로 겐지의 두 이야기에 또 다른 재미를 선사하고 있다고 볼 수 있다.

7 미야자와 겐지는 동화작품마다 그 초고에 부착한 미끌미끌한 표지나 원고용지 여백 등에다 자신의 동화 작품 제목을 몇 가지 나열했다고 한다. 미야자와 겐지는 이 네 편을 '歌稿B'로 나누어 "소년 소설 포라노 광장, 바람의 마따사부로, 은하 스테이션, 구스코 부도리의 전기"로 메모를 남기고 있다. 天沢退二郎, 「〈少年〉とは誰か―四つの《少年小説》あるいは四元論の試み」, 『國文学』, 1978년 2월호, 56쪽.

외에는 찾아볼 수가 없으며 이는 이들 네 편의 소년소설이 "겐지 머릿속에서 언제나 특별한 무리, 하나의 집합체로 의식된 것이 분명하다."[8] 란 지적도 있다.

이들 네 편은 "모두 1924년 이전에 그 초기형태가 쓰여져 1931년에서 32년경 사이에 퇴고 과정을 거쳐 새로운 작품으로 변모하는 공통점을 가지고 있다. (…) 각 작품의 초기형이 교직자 시절 때 집필되었고, 후기형은 라스치진협회의 좌절이라고 하는 경험 뒤에 쓰여진 것"[9]이라는 특징을 띠고 있다.

3. 「펜넨넨넨넨·네네무의 전기」와 「구스코 부도리의 전기」의 관계

1) 변천 과정

초기형인 「펜넨넨넨넨·네네무의 전기」와 후기형인 「구스코 부도리의 전기」는 10여 년의 사이를 두고 수정되고 퇴고되는 과정을 거쳤다. 10여 년을 거쳐 발표작 「구스코 부도리의 전기」에 이르기까지 6번의 변천 과정이 이루어졌다.

---

8 위와 같음.

9 山内修,『宮澤賢治研究ノート−受苦と祈り』, 河出書房新社, 1991년 9월, 250~251쪽.

① 「펜넨넨넨·네네무의 전기」

② 메모 「펜넨노르데는 지금은 없어요/태양에 생겨난 검은 가시를 빼러 갔지요」

③ 단편斷片 「네무의 전기」

④ 『GERIEF수첩』

⑤ 「구스콘 부도리의 전기」

⑥ 발표작 「구스코 부도리의 전기」[10]

「펜넨넨넨·네네무의 전기」에서 「구스코 부도리의 전기」까지의 변천 과정 중 가장 큰 특징으로서 "①에서 ⑥사이에는 10년의 세월이 흘렀으며 거기에는 농촌활동의 좌절이 있었다."[11]란 지적이 눈에 띄는데, 두 작품의 변화 과정을 통해서 미야자와 겐지의 삶을 간접적으로 엿볼 수 있는 이유로 이 '농촌활동'을 들 수 있겠다.

2) 두 작품의 공통점과 상이점

「펜넨넨넨·네네무의 전기」와 「구스코 부도리의 전기」는 둘 다 나무꾼인 아버지와 어머니 그리고 주인공 소년과 여동생이 숲속 집에서 살다, 기근을 맞아 부모와 사별하고, 헤어졌던 남매가 세월이 흘러 재회하는 이야기 구조라는 그 자체는 공통점을 보인다. 또한 주인공 소년이 공장에서 노동을 경험하고 학교에서 박사를 만나 새로운 일자

---

10 続橋達雄, 『賢治童話の展開』, 大日本図書, 1987년 4월, 208쪽. ⑤ 「구스콘 부도리의 전기」와 ⑥ 발표작 「구스코 부도리의 전기」의 제목은 구스콘, 구스코로 이름 한 글자만 다르다.

11 위의 책, 209쪽.

리를 얻는 과정도 공통점을 보인다.

하지만 두 전기의 두 주인공 '펜넨넨넨넨·네네무'와 '구스코 부도리'는 미야자와 겐지 자신의 10여 년간의 퇴고 기간이 말해주듯이 그들이 숲을 나와서 그들의 의지로 새롭게 들어서는 세계는 판이하게 다른 삶을 제공한다. 이러한 두 작품이 보이는 상이점은 "자유분방한 요괴들의 세계를 무대로 한 「펜넨넨넨·네네무의 전기」에서 진지한 「구스콘 부도리의 전기」로 원고가 고쳐져, 계속해서 현재의 형태(「구스코 부도리의 전기」)를 갖춘 이 이야기가 겐지의 가장 마지막기의 깊은 뜻을 담고 있는 점은 틀림없다."[12]로 이야기되는 지점이기도 하다.

이처럼 「펜넨넨넨·네네무의 전기」는, '요괴나라 이야기', '입신출세담이 담긴 유머 넘치는 리듬감 있는 문장', "자본주의 사회의 경제 구조가 초래한 〈죄악〉과 그리고 네네무의 〈태만〉이 (…) 유머러스하고 자유롭게 쓰여진 느낌이 든다."[13]라고 그 특징이 거론되며, 경쾌한 「펜넨넨넨넨·네네무의 전기」를 '요괴담'으로, 「구스코 부도리의 전기」를 '의인전義人伝'으로 확연하게 분류하는 이[14]도 있다.

하지만 "왜 「네네무의 전기」의 황당무계한 요괴 세계 이야기를 개작하여 진지하기는 하지만 작품 자체의 재미를 절감시키는 작품"[15]인 「구스코 부도리의 전기」로 개작하는 과정을 거치게 되었을까? 이는 "현실에서는 좌절을 하고 만 농촌운동의 꿈을 부도리에게 대신해서

---

12 中野新治,『宮沢賢治·童話の読解』, 翰林書房, 1993년 5월, 181쪽.

13 위의 책, 210~211쪽.

14 生野幸吉,「〈グスコーブドリの伝記〉-出現罪と空白」,『國文学 解釈と教材の研究』, 1975년 4월호, 111쪽.

15 続橋達雄,『賢治童話の展開』, 大日本図書, 1987년 4월, 220~222쪽.

들려준 이야기 그것이 「구스코 부도리의 전기」였다."[16]란 지적처럼 두 작품 사이에는 작가 미야자와 겐지의 농촌운동 체험 또는 그 좌절이 깊게 투영되어 있음을 알 수 있다. 따라서 「구스코 부도리의 전기」에 대한 작품 분석에 들어가기 위해서는 미야자와 겐지의 농촌운동 활동에 대해 알아볼 필요가 있겠다.

4. 미야자와 겐지의 농촌운동과 좌절

겐지가 태어나 자라난 이와테현은 지진, 쓰나미 같은 자연 재해 및 냉해로 인한 흉작이 빈번해, 실제로 겐지는 9세 때와 17세 때 냉해로 인한 대흉작을 경험하였다. 겐지는 1915년 그의 나이 19세 때 농림학교에 입학하여 지질조사 및 비료조사를 실시하는 등 농업에 관한 전문적인 공부를 한다. 그 후 법화경에 심취해 포교 활동을 벌이고 그와 더불어 왕성한 작품 창작 활동을 병행하다 1921년 25세 때에 하나마키 농업고등학교 교사로 취직하며 다시금 농업과 관련을 맺게 된다.

그러다 1926년 3월 농업학교를 자진 퇴직하고 농촌활동을 위해 현장으로 뛰어들게 된다. 벼농사와 비료 설계 상담소를 개설할 준비

---

16 위와 같음.

를 갖추고 6월에는 『농민예술개론』을 집필한다. 같은 해 8월 23일을 농민축제일로 정하고 활동거점을 '라스치진협회羅須地人協会'로 명명한 뒤, 농부들을 대상으로 한 벼농사 재배 지도로 바쁜 나날을 보내게 된다. 이 해 겨울에는 도쿄로 상경하여 벼농사에 관한 공부를 하고 1927년 그의 나이 31세 때에는 '라스치진협회'에서 토양학, 비료학에 대한 강의를 맡기도 한다. 다시 5월에는 비료, 벼농사 지도로 동분서주하며 그로 인해 과로가 겹쳐 병상에 눕게 된다. 작고하기 직전까지도 겐지는 병상에서 비료 설계 및 농민들을 상대로 비료 상담에 응했다.

이상은 미야자와 겐지의 약력 중 농촌활동과 관련한 항목을 중심으로 요약한 것이다. 이러한 겐지의 개인사와 더불어 겐지가 산 당시의 시대를 살펴보면 "청·일, 러·일 전쟁의 승리로 인해 해외 진출을 비롯해 일본의 근대 공업, 무역이 비약적으로 성장한 시기이기도 했다. 그렇지만 그런 자본주의의 급속한 발전은 동시에 프롤레타리아 계급을 증산하고 농촌에는 빈곤"[17]을 초래했다.

이처럼 겐지의 개인적인 체험 및 성향, 법화경의 실천주의사상, 겐지가 나고 자란 지역 및 주변 환경, 거기다 당시 농촌의 빈곤을 초래한 시대 상황 등이 복합적으로 작용해 겐지를 농촌운동으로 들어서게 했다고 할 수 있다.

따라서 「펜넨넨넨넨·네네무의 전기」에서 보여 준 유쾌한 요괴 세상 이야기에서는 "지금까지 겐지에게는 볼 수 없었던 이상의 세계를 실현하고자 행동하는 모습이 그려져 있었"지만, "눈앞에 끊임없이 계

---

17 大岡秀明, 「'失意'の求道者-宮沢賢治試論」, 『日本児童文学』, 1974년 4월호, 16쪽.

속되는 기근에 고통스러워하는 사람들로 가득 찬 지옥 같은 현실"이 겐지를 고뇌와 초조 속으로 몰아넣으며, "이 현실 사회 속에 이상의 세계를 자기 혼자만이 아닌 다른 사람들과 더불어 실현시키고자 하는 후반기 겐지의 농촌지도자로서의"[18] 활동으로 이끌게 된 셈이다.

이러한 삶을 두 작품 주인공의 인생역정을 통해서 보면, 펜넨넨넨넨·네네무는 기근 뒤 10년간 나무 위에서 먹고 자며 다시마따기 중노동을 겪은 후, 출세를 위해 학교에 들어가 마침내 재판장으로 성공을 거둔다. 이 이야기는 그 후 본인의 경거망동한 행동으로 인해 명예로운 자리에서 하루아침에 곤두박질치는 펜넨넨넨넨·네네무라고 하는 개인의 역경과 성공과 좌절에 보다 초점이 맞추어져 있다고 볼 수 있다. 그에 반해 구스코 부도리는 기근 뒤 1년 정도 산누에치기와 실뽑기 공장 노동을 경험하고, 그 후의 삶은 하루하루의 삶을 영위하는 '식'을 위한 벼농사 수확에 관한 문제로 집약된다. 이 점이 후반기 미야자와 겐지의 농민운동이란 실체험과 깊은 연관을 가진다 하겠다.

"농촌 청년과 독농가에게 농업을 가르치는 「라스치진협회」의 설립, 「비료설계사무소」에서의 고단함을 잊은 듯한 농촌지도자로서의 활동, 겐지는 현실 사회 속에서 농민과의 연대에 의한 자신의 이상 사회를 창출하기 위해 필사적으로 달렸다." 그렇지만 결국 "마지막에는 다시 자기희생이라고 하는 고독의 자리"[19]에 되돌아오고 만다.

1926년 농업학교 교사를 퇴직하고 본격적으로 농민운동에 뛰어들며 그 활동 기반이 되는 '라스치진협회'를 중심으로 미야자와 겐지

---

18 위의 책, 19쪽.
19 위의 책, 24~25쪽.

는 예술과 즐거움을 공유하는 농업을 꿈꾸며 「농민예술개론강요」에서 다음과 같이 농업운동을 하는 의미를 밝히고 있다.

> 우리들은 농민이다. 너무나 바쁘고 일도 힘들다.
> 좀 더 밝고 생기 넘치게 생활하는 길을 찾고 싶다.
> 우리들의 옛 사부들 중에는 그러한 사람도 있었다.
> 근대과학의 실증과 구도자들의 실험과 우리들의 직관의 일치에서 논하고자 한다.
> 세상 전체가 행복해지지 않는 한 개인의 행복은 있을 수 없다.
> 자아의 의식은 개인으로부터 집단·사회·우주로 점차 진화한다.
> 이 방향은 옛 성인들이 거치고 또 가르침을 준 길이지 않는가.
> 새로운 시대는 세계가 하나의 의식을 가지는 생물이 되는 방향에 있다.
> (…)
> 일찍이 우리들 사부들은 궁하기는 했지만 아주 신명난 삶을 살았다.
> 그곳에는 예술도 종교도 있었다.
> 지금 우리들에게는 단지 노동이, 생존이 있을 뿐이다.
> 종교는 힘을 잃고 근대과학이 이를 대체했지만 과학은 차갑고 어둡다.
> 예술은 우리로부터 멀어진 데다가 쓸쓸하게 타락했다.
> (…)
> 이제 우리들은 새롭게 바른 길을 내딛으며 우리들의 미를 창조해내지 않으면 안 된다.
> 예술로 저 회색빛의 노동을 불태워라.

여기에는 우리들 부단의 깨끗하고 즐거운 창조가 있다.

도시인이여 와서 우리들과 어울려라. 세계여 타의 없이 우리들을 받아

들여라.

(…)

세계에 대한 크나큰 희망과 바람을 우선 불러일으켜라.

강하고 바르게 살아라. 고난을 피하지 말고 직진해라.

(…)

아아 친구여, 함께 올바른 힘을 합해 우리들의 모든 전원과 우리들

의 모든 생활을 하나의 커다란 제4차원의 예술로 만들어 가지 않겠

는가.[20]

이처럼 미야자와 겐지는 당시 고단하기만 한 노농으로서의 농사일

이 아닌, 삶을 영위하면서 인간으로서의 근본적인 즐거움을 공유하

고, 예술적인 감각을 서로 나누도록 농부들에게 권유하며, 연극, 시,

사진, 무용, 음악을 통해 노동일의 고단함을 잊고 예술을 통해 서로의

정신을 고양시키고 그러한 감정을 사회화로 이끌고자 권장한다.

하지만 냉혹한 자연과 사회라는 현실은 그렇게 만만치가 않다. 겐

---

20 「農民芸術概論綱要」, 『宮沢賢治全集10 農民芸術概論 手帳 ノート ほか』, 筑摩書房,
1995년 5월, 18~16쪽. 「농민예술개론」은 겐지가 생존해 있을 때는 발표되지 않고 그 일
부가 1926년 봄 이와테국민고등학교 및 같은 해 여름 이후에 라스치진협회에서 강의되
었을 뿐이라고 한다. 「농민예술개론」은 서론, 농민예술의 흥륭, 농민예술의 본질, 농민예
술의 분야, 농민예술의 제주의, 농민예술의 제작, 농민예술의 산자, 농민예술의 비평, 농
민예술의 종합, 결론 등 전체 열 장으로 되어 있으며, 이 글에서 인용한 「농민예술개론
강요」는 원고용지에 본문 내용 각 장이 하나씩 연필로 적혀있었다고 한다.

지는 '라스치진협회' 집회를 알리는 안내장에 '올해는 수확도 나쁘고 모두 바라던 대로는 일이 잘 되지 않았습니다만 언젠가는 명암이 교차하여 새로운 좋은 날도 올지니 농업 전체에 커다란 희망을 실어 다음 준비로 들어갑시다.'[21]라며 농부들을 격려한다. 하지만 결국 현실에서의 미야자와 겐지는 건강을 해치고, 농민운동의 근원적이며 강력한 힘이 되어 줄 농민들의 이해와 지지를 얻지 못하면서 자신이 꿈꾸던 이상 세계에 대한 좌절을 경험할 수밖에 없게 된다.

20대 중반에 쓴 요괴들 세상의 요괴 이야기인 판타지 「펜넨넨넨·네네무의 전기」와, 타계하기 직전에 다시 쓴 인간세상의 이야기인 리얼리즘 「구스코 부도리의 전기」 사이에는 이처럼 겐지의 실체험이 바탕에 깔려 있다.

5. 「구스코 부도리의 전기」의 부도리의 삶

1) 학문에 대한 탐구

⑴ 공장체험

구스코 부도리(이하, 부도리로 씀)는 열 살 때 냉해로 인한 기근을 맞이한다. 기근이 3년째 되던 봄에 부도리의 부모는 숲으로 들어가고 그로부

---

21 「集会案内」, 위의 책, 539쪽.

터 20일쯤 뒤에 어떤 남자에게 여동생마저 끌려가 부도리는 혼자 남게 된다. 부도리네 집이 있었던 숲에는 천잠사 공장이 세워지고 부도리는 산누에 치는 노동을 하게 된다. 공장일이 끝나고 다시 홀로 남겨진 부도리는 공장 주인인 남자가 남겨둔 열 권쯤 되는 "천잠사 그림과 기계 도면이 잔뜩 그려져 있는 책, 한 번도 읽지 않은 새 책, 여러 가지 나무와 풀 그림과 그것들의 이름이 쓰여진 책들이었습니다. 부도리는 열심히 책 흉내를 내어 글을 쓰거나 그림들을 베끼거나 하며 그 겨울"[22]을 보내게 된다.

이처럼 기근과 더불어 세상과 담을 쌓고 있던 부도리 소년은 예기치 않게 공장 노동을 통해 독학이라고 하는 학문 체험을 하게 된다. 펜넨넨넨넨·네네무가 10년간의 쓰라린 다시마따기 노동으로 인해 그 반동으로 "어떻게든 공부를 해서 서기가 될 거야. 이제 던지고 끌어당기는 일은 생각만 해도 수명이 줄어들 것 같아. 좋아 꼭 서기가 되자."[23] 하는 입신출세의 길을 생각할 수밖에 없는 지독한 육체노동 경험을 하는 것에 비해, 부도리는 약 1년 반 정도 되는 짧은 공장노동 기간에 '책'을 통해 외로운 시간들을 채우게 되며 이는 학문의 길로 들어서는 단초를 마련해 준다.

(2) 농사체험

지진으로 인해 공장은 폐쇄되고 있을 곳을 잃은 부도리는 숲을 나오게 된다. 부도리는 숲을 빠져나와 처음으로 들어선 길목의 들에서 우연히 만난 '이하토부 들녘에서 몇 손가락 안에 드는 농부'인 붉은 수

---

22 미야자와 겐지 지음, 이경옥 옮김, 이광익 그림, 『구스코 부도리의 전기』, 사계절, 2006년 4월 5일, 27쪽. 이 책은 같은 해 4월 25일에 양장판이 새로 나왔다. 이 글은 4월 5일 초판본을 텍스트로 하였다.

23 위의 책, 92쪽.

염 밑에서 6년 동안 농사일을 배우게 된다. 부도리는 이 경험으로 인해 냉해와 가뭄과 같은 기후변화가 얼마나 벼농사를 좌지우지하는지 실감하게 되고, 적절한 비료 사용에 대해서도 터득하게 된다. 그리고 붉은 수염이 죽은 아들이 읽던 것이라며 건네준 책을 "부도리는 일하는 틈틈이 그 책들을 모두 읽었습니다. 책들 가운데 구보라는 인물의 사고방식을 가르쳐 주는 책이 재미있어서 그 책들을 몇 번이고 읽었습니다. 그러다 그 사람이 이하토부 시에서 '한 달 학교'를 하고 있다는 것을 알게 되었고, 그곳에 가서 배우고 싶은 마음"[24]을 키우며, 자유의지를 품고 학문으로의 길을 모색하게 된다.

부도리는 책을 통해 두 번째 독학으로 깨우친 것을 다음 해 농사일에 적용해 병충해를 물리치지만 계속해서 몰아닥친 가뭄으로 결국은 농사일에 실패하고 만다. 부도리는 붉은 수염의 원조를 받아 "어서 이하토부 시에 도착해서 그 친절한 책을 쓴 구보라는 사람을 만나, 가능하다면 일도 하면서 공부를 하고 싶었습니다. 그래서 모두가 힘들이지 않고도 수렁논에서 곡식을 지을 수 있게 하고 싶었고, 또 화산 폭발이나 가뭄이나 냉해를 없애는 방법도 연구"[25]하고자 하는 인생의 구체적인 목표를 갖고 스승을 찾아 길을 떠나게 된다.

(3) 두 스승과의 만남

이하토부 시에 도착한 부도리는 어렵게 학교를 찾아 칠판에 그려진 '망루 모양의 모형'을 보고 "아아, 저건 구보 박사의 책에서 본 〈역사의

---

24 위의 책, 36쪽.
25 위의 책, 41~42쪽.

미야자와 겐지의 삶과 「구스코 부도리의 전기」   **147**

역사〉라는 것의 모형"임을 한번에 알아채고 "다들 고개를 갸웃거리며 도무지 모르겠다는 듯한 얼굴이었지만 부도리는 그저 재미"[26]있기만 하다. 따라서 학교에 육 년을 다니면서도 다른 학생이 따라 그리지 못하는 모형을 부도리는 단숨에 그리고 만다. 이는 붉은 수염 집에서 구보 박사의 책으로 독학한 체험이 바탕이 되고 있기 때문이다. 시험을 확인하며 구보 대박사는 부도리의 그림을 보고 "좋아, 이 그림은 아주 제대로 그렸어. 다른 건 뭐야? 호오, 수렁논의 비료에다 말 먹이인가? 그럼 문제에 대답해 보게. 공장 굴뚝에서 나오는 연기에는 어떤 색깔이 있는가?"[27]란 질문을 내고, 부도리는 공장 굴뚝 연기 색은 물론이고 그 특징에 대해서도 상세하게 대답하여 합격을 받게 된다. 공장 굴뚝 연기에 대한 대답은 그동안 부도리가 실체험한 천잠사공장과 독서체험이 바탕이 되어 있음을 알 수 있다.

시험에 합격한 부도리는 구보 대박사의 소개로 평생의 일터가 되는 이하토부 화산국에서 노기사 펜넨나무를 만나게 된다. 매해의 벼농사 수확을 안정화시키고자 하는 부도리의 꿈은 이들 두 과학자 스승과의 만남으로 구체화되어 간다.

그리고 구스코 부도리가 "구보 대박사의 시험에 한번에 합격한 것은 그의 가르침을 직접 전수받아서가 아니다. 부도리가 내적으로 피치 못할 충동에 의해 일하면서 공부한 덕분에 충분한 지식과 사고력을 터득하고 있음을 박사가 알아챘기 때문이다. 여기에는 학문을 위한 학문이 아닌, 출세를 위한 학문이 아닌, 살아 있는 학문이 가져야 할

---

26 위의 책, 43쪽.
27 위의 책, 45쪽.

모습이 극명하게 표현되어 있다"[28]며 부도리의 학문하는 자세를 평가하고 있다.

일본은 1872년에 프랑스의 교육제도를 참고로 〈학제〉를 공포하였다. 이후 일본에서는 "학문을 하는 일이 입신출세로 이어진다고 하는 지적은 이후 일본사회의 기본적인 신념이 되었다. (…) 학교제도는 순조롭게 정비되어 의무교육의 취학률도 메이지(1868~1912) 말에는 98퍼센트까지 올라갔다. 지극히 짧은 기간에 이 정도의 급속한 취학률의 상승은 나른 나라에서도 예를 찾아보기 어려웠다. (…) '능력에 대해서 열려 있는 지위'라고 하는 근대적 업적주의는 일본에서는 학교제도를 축으로 보편적인 신앙이 되어 갔던 것이다. 그것은 이른바 학교라고 하는 것에 대한 과대한 동조와 기대를 갖게 만들었다. (…) 쇼와(1926~1989)에 들어서 농촌의 피폐, 거기다 세계공황 속에서 종래의 사회적 상승 회로"[29]는 문이 닫히게 된다.

즉, 「펜넨넨넨넨·네네무의 전기」의 네네무처럼 학교를 매개로 한 입신출세의 꿈을 갖는 것은 당시 일본에서는 지극히 당연한 모습이었던 것이다. 이와 더불어 겐지가 농민운동에 적극적으로 뛰어들기 시작하는 1926년경부터가 일본 안에서도 근대 학교 교육에의 환상이 무너지고 학문에 대한 새로운 인식이 대두되던 시기였다는 것은 겐지의 두 작품을 이해함에 있어 중요한 포인트가 되기도 한다. 일본 안에서 이 시기에 공부를 위한 공부로 입신출세를 이루어 개인의 성공과

---

28 中野新治, 『宮沢賢治·童話の読解』, 翰林書房, 1993년 5월, 192쪽.

29 桜井哲夫, 『'近代'の意味−制度としての学校·工場』, 日本放送出版協会, 1984년 12월, 178~192쪽. 괄호 연도 표기는 필자에 의함.

더불어 명성을 얻는 네네무의 선택과, 성숙과 성찰과 인생의 진정한 가치와 보람을 찾기 위한 삶을 선택한 부도리의 삶이 서로 공존하였음을 의미하며 겐지는 이 두 학문의 모습을 그려 보이며 독자에게 열린 선택을 제시하고 있다. 또한 이는 겐지가 당시의 삶을 통찰력을 가지고 직시했음을 뜻하며 이러한 삶은 여전히 지금 우리들의 삶에도 내재한 문제이기도 하다.

2) 과학에 대한 탐구

구보 박사의 소개로 부도리를 받아들인 화산국 노기사 펜넨나무는 "이제부터 여기서 일하면서 제대로 공부해 보세요. 이곳 일은 작년에 막 시작되었지만 아주 책임이 막중한 일이고 또 아주 어려운 일입니다. 일하는 시간의 반은 언제 폭발할지 모르는 화산 위에서 하는 데다가 화산이라는 것이 도무지 학문으로 알 수 있는 게 아니거든요. 우리는 앞으로 훨씬 더 정확해야만 합니다."라며 책을 통한 학문에 더해 실증적인 과학을 병행할 것을 부도리에게 권한다. 부도리는 "펜넨 노기사를 따라다니면서 기계 다루는 방법과 관측 방법을 배우고, 밤낮으로 열심히 일하고 공부"해, "이 년쯤 지나자 부도리는 다른 사람들과 함께 이 화산 저 화산으로 기계를 설치하러 나가거나 고장 난 기계를 수리하러 가게 되었습니다. 그래서 이제 부도리는 이하토부에 있는 삼 백여 개의 화산과 그 화산들의 활동을 손바닥 들여다보듯"[30] 파악할 수 있게 된다.

---

30 미야자와 겐지 지음, 앞의 책, 51~52쪽.

부도리는 펜넨기사와 짝을 이루어 화산의 분화를 과학적인 방법을 써 예방하고, 구보 대박사가 설치한 조력발전소를 이용해 인위적으로 비와 질소비료를 뿌려 농작물 수확을 높이는 공헌을 한다. 그리고 비로소 부도리는 "처음으로 진짜 살아 있는 보람을" 느낀다.

하지만 "정확히 스물일곱 살 되던 해"에, 부도리가 열 살 때 겪었던 그 냉해가 다시 찾아온다. 부도리는 "그렇게 6월 초가 되자, 아직도 노랗기만 한 볏모와 싹을 틔우지 않는 나무들을 보고 부도리는 더 이상 가만히 있을 수가 없었습니다. 이대로 있으면 숲에도 들에도 일찍이 그 해의 부도리 가족처럼 될 사람들이 많이 생길"[31] 것을 두려워하며 화산섬을 인위적으로 폭발시킬 방법을 구보 대박사에게 건의하며 아래와 같이 의논한다.

> "선생님, 기층 안에 탄산가스가 늘어나면 따뜻해집니까?"
> "그야 그렇지. 지구가 생긴 뒤로 지금까지 기온은 대개 공기 중에 있는 탄산가스의 양으로 정해졌다고 할 정도니까."
> "칼보나드 화산섬이 지금 폭발한다면, 이 기후를 바꿀 만큼의 탄산가스를 뿜을까요?"
> "그건 나도 계산해 보았네. 그게 지금 폭발하면 가스는 곧 대기권의 상층 바람에 섞여 지구 전체를 감쌀 게야. 그리고 하층의 공기와 지표에서 올라오는 뜨거운 열의 방출을 막아 지구 전체의 온도를 평균 5도 정도 높일 테고."

---

31 위의 책, 72~73쪽.

"선생님, 그걸 지금 바로 뿜게 할 수는 없을까요?"

"그야 가능하지. 하지만 그 일을 할 사람들 가운데 마지막 한 명은 아무래도 빠져나올 수가 없어."

구보 대박사와의 이상과 같은 대화를 나눈 뒤 부도리는 펜넨 노기사를 설득한 다음 부도리의 부모님이 숲에서의 죽음을 선택한 것처럼 부도리 또한 그 길을 선택해 화산을 폭발시켜 기온을 높이는 데 성공한 뒤, 본인은 죽음을 맞이한다.

1926년에 작성된 「농민예술개론강요」에서 '종교는 지쳤고 근대 과학이 이를 대체'했다는 논지에서도 알 수 있듯이 미야자와 겐지는 근대 과학에 대한 관심이 많았다. "자연이라고 하는 것은 바꿀 수 있다고 있다고 생각한 것입니다. 아마 이것은 현재에도 살아 있는 미야자와 겐지의 사상이라고 생각합니다. (…) 이것은 미야자와 겐지가 과학자로서 그렇게 말할 수밖에 없는 상황이었으며, 종교인으로서도 구상할 수밖에 없었습니다."[32]라는 데에서도 과학자로서의 겐지의 일면이 부도리에게 투영되었음을 엿볼 수 있다.

하지만 이상과 같은 「구스코 부도리의 전기」에서의 구보 대박사와 부도리의 화산 폭발에 의한 기온 상승은 이야기 속에서는 성공을 거두지만, 현대 과학의 상식에서는 오류임이 지적되었다. 즉 "화산 폭발이 실제로는 기온의 상승은 커녕 분진dust으로 인해 일광이 차단되어

---

32 吉本隆明, 「宮沢賢治 詩と童話 (3)-『クスコーブドリの伝記』 『銀河鉄道の夜』」, 『ちくま』, 1993년 6월, 20쪽.

냉해"[33]를 불러일으키는 요인이 된다는 것이다.

또한 이는 오늘날의 과학의 발달에서 밝혀진 오류에 해당한다. 하지만 부도리와 구보 대박사의 탄산가스에 대한 대화는 당시 근대 과학에 입각하여 설정되었다. 스웨덴의 과학자 아레니우스Svante August Arrhenius[34]와의 관계가 그것을 입증해 준다. "『구스코 부도리의 전기』의 화산폭발에 의한 기온 상승도 또한 당시 가장 신뢰받던 과학자 S·A·아레니우스의 설에 따른 것이다. 아레니우스의 이름은 겐지의 시 「청천자의」에도 나오며, 아레니우스의 과학론과 불교의 오륜설과의 관련을 모색하고 있는 점을 보아도 겐지가 아레니우스의 과학서를 독파하고 있었던 것이 분명하다."[35]라며, 겐지가 살았던 당시의 과학적 견지에서는 오류가 아님을 알 수 있다.

끊임없이 진화하며 새로운 학설을 제시하는 것이 과학이기도 한데, 겐지가 당시로서는 최신예의 학설을 적용하여 자신의 지역에 내재한 농업 문제를 해결하고자 한 것은 분명한 사실이다.

3) 구스코 부도리의 죽음

「구스코 부도리의 전기」에서 가장 많은 논란을 재기하고 있는 것이 부도리의 죽음이다. 자신이 죽음을 선택하는 것을 말리는 구보 박

---

33 大塚常樹, 「グスコーブドリの伝記」, 『國文学 解釈と鑑賞』, 1996년 11월, 160쪽.

34 Svante August Arrhenius(1859~1927)은, 물리화학의 창시자 중 한 명으로 물리학, 화학 영역에서 활약하였으며, 1903년 노벨화학상을 수상했다. 탄산가스로 인한 온실효과를 처음으로 언급하였고, 일본에서는 1914년에 『우주 발전론』이, 1920년에는 『최근의 우주관』 등이 번역되었다.

35 大塚常樹, 앞의 책, 161쪽.

사를 향해 "저 같은 사람은 앞으로 많이 생깁니다. 저보다 훨씬 잘할 수 있는 사람이, 저보다 훨씬 훌륭하고 아름답게 일을 하며 웃을 겁니다."[36]라며 부도리는 자신의 선택을 강행한다. 부도리의 희생 뒤, "사나흘이 지나자 날씨는 점점 따뜻해졌고, 그 가을에는 거의 평년 수준의 농사가 되었습니다. 그리고 이 이야기의 시작처럼 되었을지도 모를 많은 부도리의 아버지와 어머니들은 많은 부도리와 네리와 함께 그 겨울을 따뜻한 음식과 밝은 장작불로 즐겁게 살 수 있었습니다."[37]로 끝을 맺는다.

이러한 구스코 부도리의 죽음에 대해서는 과학의 힘을 빌려 질소비료를 뿌려주고, 화산 폭발을 예단하여 미연의 방지를 실시하여 인명 피해를 없애고, 화산을 폭발시켜 탄산가스를 방출하여 냉해를 없앨 정도면 부도리 또한 과학의 힘을 빌려 살아나올 수도 있었을 텐데 꼭 '자기희생'을 해야만 했을까 하는 의문제기가 많다. 그러면서도 겐지의 실제 삶과 비교하여 "마지막의 화산폭발로 희생이 되어 누군가가 한 명 죽음을 맞이할 수밖에 없다면 주인공의 죽음으로 결말짓는 것과 죽음이 실제로 이듬해로 다가온 작가 자신에게 있어서는 타당했다고 말할 수 있다.",[38] "미야자와 겐지라고 하는 사람은 자신이 초인, 즉 인간 이상이 되고자 하는 열망을 언제나 가지고 있던 사람입니다. 이것은 법화경으로 치면 보살이라고 하는 것이지요. 통속적으로 말하면 자기를 희생하여 남을 위하여 자신을 버리는 말로 표현할 수도 있습니다. 예컨대 본질적으로 말하면 인간이라고 하는 이는 신앙을 획

---

36 미야자와 겐지 지음, 앞의 책, 73~74쪽.

37 위의 책, 75~76쪽.

38 加太こうじ, 「童話の形を借りた理想の追求 グスコーブドリの伝記」, 『日本児童文学』, 1968년 2월호, 62쪽.

득할 때 인간 이상이 될 수 있다고 자부하게 되고, 그렇게 된다는 목표를 가질 수밖에 없습니다."[39] 등과 같이 겐지의 실제 삶과 그의 종교관을 염두에 둔 해석이 주류를 이룬다.

실제로 겐지가 심취한 법화경 중 "신력으로 기적을 나타냈다고 해서 세존에 대한 공양이 되는 것은 아니다. 나 자신의 육체를 바치는 공양보다 더 나은 것은 없다."[40]란 말을 통해서도 겐지가 자신이 가진 현실에서의 갈망과 열망을, 자신의 종교인 법화경 사상을 부도리에게 대신해서 실현시켰다는 해석이 나오는 것이 가능하다고 할 수 있다.

6. 나오며

나무꾼의 아들로 태어나, 기근으로 가족이 해체되는 쓰라린 경험을 겪은 뒤 책과 스승들을 만나 학문을 성취하고, 기술자이자 과학자로 직분을 다하다 냉해를 해결하기 위해 죽음을 선택한 부도리의 27년간의 일생을 살펴보았다. 부도리의 삶에는 공장, 학교, 과학 등 일본의 근대를 형성하는 산물들이 깊게 관여하며, 인류의 '삶'이라고 하는 근원적인 문제에 천착하고 있다. 부도리가 죽음을 선택한 것은 이처럼 일정한 벼 수확량 확보로 일용할 양식을 유지하고자 하는 인류의

---

39 吉本隆明, 앞의 책, 20쪽.

40 松下眞一, 崔燦有訳, 『法華経과 原子物理學』, 1985년 8월, 38쪽.

생존에 대한 갈망이 담겨져 있다.

미야자와 겐지의 「펜넨넨넨넨·네네무의 전기」와 「구스코 부도리의 전기」에는 다양한 근대인의 삶이 교차한다. 원초적인 경계선을 지키며 그 안에서 왁자지껄 살아가는 요괴들의 삶과 과학의 힘을 이용해 경계를 허물고 삶을 유지해 가기 위해서 자연의 변화도 인위적으로 바꾸고자 하는 부도리의 삶. 이는 즉 「펜넨넨넨넨·네네무의 전기」에서 「구스코 부도리의 전기」에 이르기까지 겐지가 목격한 근대의 다양한 삶의 모습이기도 하다. 그들 각자의 삶 속에는 인류의 역사와 시대가 반영되어 있고, 그 시대를 치열하게 살아가는 모습이 그려져 있으며 그로 인해 시대를 초월하고자 하는 욕망이 담겨 있어서, 누구의 삶이 더 옳고 그르냐를 논하기 보다는 독자 각자에게 열려 있는 선택을 제시하고 있다.

현실세계에 대한 직시와 초월을 통해 종교인으로서 실천하는 모습을 보이고, 과학의 힘을 빌려 변혁을 꿈꾸었던 이. 원시심성을 간직한 채 인간의 근본적인 문제를 탐구하면서도, 근대라고 하는 사회의 격변기를 온몸으로 체험하며, 실생활에서는 좌절과 한계에 부딪혔음에도 동화를 통해서 근대를 극복하고자 했던 이, 그가 바로 미야자와 겐지이다.

근대 이후 산업과 과학이 비약적으로 발전하고 인류의 삶이 윤택해졌어도 인간이라고 하는 근본적이면서도 근원적인 의문과 그러한 인간이 일으키고 있는 다양한 양태의 새로운 문제제기가 되풀이 되고 있는 한, 미야자와 겐지의 문학은 유효하며, 또한 그런 현대이기에 미야자와 겐지 문학이 지금에도 읽히고 있는 이유이기도 하다.

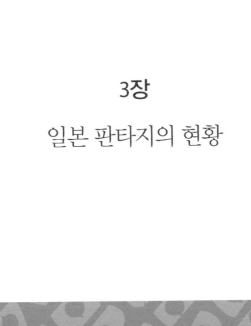

3장

일본 판타지의 현황

1. 일본 판타지의 두 흐름

현대 일본 판타지는 메르헨(동화)과 판타지라고 하는 두 가지 흐름의 공존을 그 특징으로 볼 수 있다. 일본에서 영미 판타지 이론과 작품이 소개되며 '판타지'란 용어가 50년대 중반 무렵부터 나타났는데, 그러한 판타지 기법을 의식하여 50년대 말에 작품이 집필되기 시작했다. 그럼에도 불구하고 20여 년이 지난 70년대 말에 이르기까지도 일본에서는 '판타지'와 '메르헨'에 대한 논의를 벌일 때마다 논자들 사이에서도 "메르헨, 동화, 판타지, 공상 이야기 등으로 경계선은 몇 겹으로 중첩되어"[1] 인식되며 메르헨이 곧 동화이고, 판타지이며, 판타지가 곧 공상 이야기로 그 개념과 작품 구분이 모호한 것을 특징으로 들 수 있다. 즉 같은 작가의 작품이 때로는 메르헨으로, 때로는 판타지로 논해지는 지극히 일본적인 특성이 존재한다는 사실이다.

1) 메르헨

독일어에서 유입된 용어인 '메르헨'은 메이지기(1868~1912)에 일본에서 정착된 용어 중 하나로 민화(민담), '오또기바나시'(메이지기), '동화'(다이쇼기)라는 용어와 혼용되거나 대체되기도 한다. 메르헨은 그 자체로 모호성을 띠고 있으나 가장 일본적인 성향을 잘 드러내며 현재에 이르기까지 명맥이 유지되고 있다.

---

1 「特集·メルヘンの復権」, 『日本児童文学』, 1977년 10월호, 11쪽.

메르헨은 일반적으로 시적이고, 우의적이며, 서정성을 띠고, 상징적이며, 환상성을 띤 단편을 가리킨다. 특히 메이지기 어린이용으로 다시 창작된 옛이야기인 '오토기바나시'와 혼용되던 시기에는 민담적인 요소가 강한 공상 이야기를 가리켰으며, 다이쇼기(1912~1926)에 새롭게 의미 부여가 이루어지면서 대두된 '동화'와 혼용되던 시기에는 어린이를 위한 전반적인 아동문학을 가리키는 등 보다 포괄적인 의미를 내포하게 된다.

1971년 첫 작품집이 출간되어 현재에 이르기까지 꾸준히 작품집이 간행되고 있는 아와 나오코安房直子, 1943~1993는 현대 아동문학에서 메르헨 창작가로서 대표적으로 떠올릴 수 있는 작가이다. 그림 동화의 영향이 농후한 그녀의 작품은 옛이야기와 전설 등을 환상적인 수법으로 그린 단편이 대다수를 차지한다. 이들 옛이야기와 전설은 일본적인 것과 서구적인 것이 혼합된 양상으로 그려진다. 비현실적인 현상이 지극히 현실적인 일상 속에서 교차되며 아와 나오코는 이를 감각적이면서도 마치 눈에 보이듯이 그려낸다. 이 작가의 메르헨 작품들은 여전히 일본 소년, 소녀는 물론이고 젊은 독자들을 사로잡고 있다. 아와 나오코와 더불어 현대 일본 아동문학 메르헨 작가로 다치하라 에리카立原えりか, 1937~, 아망 기미코あまんきみこ, 1931~ 등을 들 수 있다.

환상성이 두드러지는 이러한 현대 메르헨의 계보는 근대 아동문학자인 오가와 미메이小川未明, 1882~1961, 하마다 히로스케浜田広介, 1893~1973, 니이미 낭키치新美南吉, 1913~1943 등 근대로 거슬러 올라갈 수 있으며, 현대에까지 그 계보는 면면이 이어지고 있다고 볼 수 있다.

2) 판타지

메르헨이 19세기 독일에서 유입되어 일본적인 스타일과 융합되면서 환상적이면서도 공상적인 단편을 가리키며 현재에까지 이어지고 있다면, 판타지는 1945년 패전 이후 새로운 가치관과 표현 방식을 갈망하던 일본 아동문학계의 요구에 부응하며 영미에서 유입된 장르이다.

일본에서 판타지가 아동문학자들 사이에서 이론적으로 제창되기 시작하는 것은 1950년대 중반 무렵에 해당한다. 판타지 이론이 도입된 초창기 일본 아동문학 평론가 및 작가, 편집자에게 가장 지대한 영향을 끼친 연구서로 L. H. 스미스의 『아동문학론』(원서는 1953년, 일역은 1964년 출판)[2]을 들 수 있다. 1950년을 전후로 해서 미국과 캐나다 등에서 아동문학을 전문 대상으로 한 강의가 대학에 개설되는 등 아동문학에 대한 기반이 다져지던 때에 출간된 이 연구서는 새로운 아동문학에 대한 이론을 갈망하고 있던 일본 아동문학자들 눈에 띄게 된다.[3]

---

2 임성규에 의하면, 스미스의 이 저서는 1966년 김요섭(『아동문학론』, 교학사)이 번역하여 우리나라에 소개되었다고 한다. 임성규는 "김요섭은 여러 권의 판타지 관련 저서와 편서를 내놓음으로써 초창기 판타지 이론의 소개와 정립에 일정한 공헌"을 했다고 평가하면서, "이미 당시에도 한국의 판타지 문학에 대한 관심과 시각을 가지고 접근한 앞 세대들의 노력이 있었다는 점이며, 이에 대해서도 그에 상응한 평가가 있어야 할 것"이라고 의견을 제시하고 있다(임성규, 「〈일본에서의 판타지의 현황과 의미〉에 대한 토론」, 『한국아동문학학회 2009 봄 학술대회−판타지 동화의 이론과 문학적 성과 점검』, 2009년 4월 25일, 자료집 54~55쪽).

3 三宅興子, 「『子どもと文学』から30年−「世界的な児童文学の規準」は、あったのか」(『日本児童文学』, 1991년 4월호). 이 글에서의 인용은 『児童文学の愉楽』, 翰林書房, 2006년 12월 11일, 17면. 같은 책에 의하면 스미스의 『아동문학론』 번역자 중의 한 명인 이시이 모모코는 1954년에서 55년 미국으로 유학을 갔을 때 캐나다에서 직접 스미스와 대면하였다고 한다. 또한 번역자 중 한 명인 와타나베 시게오는 미국 아동도서관에서 근무할 때 이 스미스의 책을 보게 되었으며, 세타 데이지 또한 어린이를 위한 도서를 편집할 때 이 책을 원서로 구입하여 참고하였다고 『아동문학론』 후문에서 밝히고 있다(「あとがき」, 『児童文学論』, 1964년 4월 20일, 390쪽).

이와 함께 이 시기에 일본 아동문학계에 영향을 끼친 또 다른 저서로 『어린이와 문학子どもと文学』(1960년 초판, 1967년 개정판)을 들 수 있다. 『어린이와 문학』은 이시이 모모코를 비롯한 작가, 편집자, 사서 등 6명의 아동문학자들의 공부 모임이 토대가 되어 엮어졌다. 오가와 미메이, 하마다 히로스케, 츠보타 죠지 등 일본 아동문학계에서 대표적인 근대 아동문학 작가로 평가받고 있던 이들 세 작가에 대해서는 비판적인 시각으로 재고찰하고, 그때까지 제대로 평가가 이루어지고 있지 않던 니이미 낭키치, 치바 쇼조千葉省三, 1892~1975, 미야자와 겐지에 대해서는 재평가를 내렸다. 이와 동시에 새로운 아동문학 이론을 제시하고 선도하고자 하는 목적으로 간행되었다. 그중에 '판타지'에 대한 항목은 L. H. 스미스의 원서에서 용어 및 개념이 차용되었다.

『어린이와 문학』은 '환상'이나 '공상' 등 애매하게 표현되던 일본의 판타지에 대한 기존의 인식을 비판하고, L. H. 스미스의 "눈에 보이는 듯이 할 것"이라는 판타지에 대한 정의를 강조하며 아동문학에서의 판타지는 "비현실을 다루지만 눈에 보이는, 구체적인, 하나의 세계를 창조하는 이야기"[4]여야 한다고 제안하고 있다.

하지만 1950년대 이후부터 판타지가 이론적으로 대두된 뒤 70년대 일본 아동문학계에 이르기까지도 용어와 개념은 여전히 난립상황을 연출하였다. 특히 '판타지'는 메르헨, 동화와의 혼용은 물론이고, 아동문학 평론가들 사이에서도 '공상 동화空想童話', '공상 이야기空想物語'라는 용어와 혼용되어 논해졌다.

---

4 石井桃子、いぬいとみこ、鈴木晋一、瀬田貞二、松居直、渡辺茂男, 『子どもと文学』, 福音館書店, 1967년 5월 1일, 207쪽.

이처럼 '판타지'와 '공상 이야기'가 혼용되어 쓰인 점에는 스미스의 『아동문학론』의 공동 번역자 중 한 명으로 참여하고 『어린이와 문학』에 필자로도 글을 남긴 세타 데이지瀬田貞二의 영향을 들 수 있겠다. 세타 데이지는 1958년 『일본아동문학』에 게재한 「공상 이야기가 필요한 이유」라는 글에서 민담, 메르헨, 페어리 테일, 공상적인 이야기 등 당시 동화라는 용어로 표현되던 다이쇼시대에 정착된 '동화'가 내포한 '애매모호하고 복잡하고 자의적인 개념에서 탈피'하여, 공상적인 창작 동화에 대해서는 동화라는 호칭보다는 '공상 이야기'란 호칭을 부여할 것을 제창한다. 그 이유로, "영미 아동문학 평론을 읽어보면 페어리 테일을 민담 개념으로 정리하고, 공상 이야기의 의미를 가지는 동화를 판타지라고 부르며 판타지를 확실한 하나의 장르 명칭으로 정립하고 있다. 그에 의거한다면 지금 '공상 이야기'란 명칭을 그에 부여하고 하나의 장르로서 정의하여 숙고하는 것이 애매함을 떨칠 수 있는 한 방법일 것이다."[5] 라며 영미 아동문학을 그 표본으로 제시하고 있다.

이러한 판타지에 대한 요구와 기존의 단편으로는 복잡한 사회 현상을 담아내지 못하는 현실적인 한계, 아동문학계가 장편을 요구하는 상황에 호응하여, 사토 사토루, 이누이 도미코의 판타지와, 『꼬마 카무의 모험』(1961)과 사후의 세계를 그린 『은색 불꽃의 나라』(1972)의 간자와 도시코神沢利子, 1924~ 등의 판타지가 1950년대 후반 무렵부터 60년대에 등장하며, 이들 작가의 활약상은 그대로 70년대로 이어졌다. 이로 인해 60년대 이후 일본에서 판타지 아동문학이 작가들 사이에 뚜렷하

---

5 瀬田貞二, 「空想物語が必要なこと」, 『日本児童文学』, 1958년 7·8월호, 29~30쪽.

게 의식되기 시작한다. 마침 일본에서 고도경제성장기와 맞물려 어린이 출판물이 활성화를 띠며 판타지가 양산되지만 바로 눈앞의 대중 독자들을 의식한 기술이 우선된 작품이 대다수를 차지하였다. 따라서 아동문학자들 사이에서는 판타지 동화를 포함한 일본 아동문학계의 쇠약한 작가관과 작품이 지닌 세계관의 부재를 문제로 지적하며 "공상 이야기가 지닌 의미는 상상력의 신장과 그 형태가 내포할 수 있는 작가의 심오한 철학이다. 공상이기에 현실적인 이야기보다도 심오한 형이상의 문제를 논할 수가 있다. '인생', '인간의 본질', '인간의 장래'에 대해서 어린이들을 향해 자유롭게 말을 건넬 수가 있는 것이다. 하지만 이러한 문제가 작가의 사상으로 엮어져 작품으로써 성취되기 위해서는 현실과의 혹독한 대결을 하지 않고서는 아니 된다. 그래서 그러한 공상 세계를 창조하는 작업은 대단히 정신을 긴장시키는 작업이기도 하다. 지금 아동문학계에는 극도의 긴장 상태를 지속가능하게 하는 건전한 정신이 부재한 것이다."[6]라는 비판과 더불어 새로운 판타지에 대한 요구가 제시되지만, 이에 대응하는 판타지가 집필되지 못했던 것이 60년대 중반을 시작해서 70년대의 일본 아동문학계 실정이기도 했다.

이러한 우려 속에서 일본에 새로운 판타지 작가의 도래를 알리는 것은 80년대에서 90년대로 볼 수 있다. 1966년에 일본에서 번역된 C. S. 루이스의 『나르니아 연대기』, 1972년에 번역된 톨킨의 『반지의 제왕』 등을 비롯한 영미 판타지와, 만화, 영화 등의 영향을 받은 새로운

6　神宮輝夫, 「日本児童文学の現状-児童文学におけるリアリズムとは何か」(『日本児童文学』, 1964년 6월호). 이 글에서의 인용은, 加太こうじ·上笙一郎編, 『児童文学への招待』, 南北社, 1965년 7월 5일, 113쪽.

작가들이 등장하게 된 것이다.『방과후의 시간표』(1980, 한국어제목은 『방과후 비밀수업』(2004)),『2분간의 모험』(1985, 한국어제목은『사토루의 2분』(2006)) 등 작가 본인이 학교 교사이기도 하여 학교를 소재로 한 판타지를 주로 그린 오카다 준岡田淳, 1947~, 미야자키 하야오 애니메이션으로 영상화되기도 한『마녀의 택배배달』(1985, 한국어제목은『키키는 13살』(1993))의 가도노 에이코角野栄子, 1935~, 오래된 고가를 지키며 사는 조상신을 소재로 한『봇코 동자』(1998)의 도미야스 요우코富安陽子, 1959~, 우에하시 나호코, 고대일본신화를 소재로 한『하늘빛 옥돌』(1989)의 오기하라 노리코荻原規子, 1959~, 환경문제를 다룬『나의·이나리야마 전기戦記』(1992)의 다츠미야 쇼たつみや章, 1954~를 들 수 있다. 이 중 전자 오카다 준, 도미야스 요우코는 일상적인 삶 속에서 신기한 모험, 마술 등과 같은 비현실적인 일이 교차하는 판타지이며, 후자인 세 명의 여성 판타지 작가 우에하시 나호코, 오기하라 노리코, 다츠야먀 쇼의 작품은 가공의 세계를 무대로 설정하여 전설과 신화를 접목시켜 그려낸 하이 판타지에 속한다.

이와 더불어 90년대 들어서 영어덜트(청소년문학)계 작가로 메르헨과 판타지적인 요소가 혼합된『서쪽의 마녀가 죽었다』(1994, 한국어제목은『서쪽으로 떠난 여행』(2003)),『뒤뜰』(1996, 한국어번역은 2008)의 나시키 가호梨木香歩, 1954~, 죽은 이, 사자와의 교류를 그린『컬러풀』(1999, 한국어번역은 2004),『런』(2008)의 모리 에토森絵都, 1954~ 등의 여성작가의 약진이 눈에 띈다. 게다가 1991년 판타지 상을 계기로 작가로 등단하여 소설가로 활약 중인 미야베 미유키宮部みゆき, 1960~, 온다 리쿠恩田陸, 1964~ 등의 작가의 작품이 꾸준히 발표되며 아동, 청소년, 젊은이들에게 널

리 읽히고 있다. 이러한 80년대 이후의 장편 판타지 작가들의 본격적인 출현으로 70년대까지의 판타지라는 용어와 공상 이야기, 공상 동화라는 용어와의 혼용은 줄어들고 현재에 이르러서는 판타지라는 용어가 일본 아동문학계에서 시민권을 획득한 것으로 보인다.

2. 주요작가의 작품 양상

1) 미야자와 겐지의 작품집 『주문 많은 음식점』

50년대 후반에 들어서 일본에서의 판타지에 대한 관심이 고조되며, 일본 아동문학자협회가 펴내고 있는 잡지 『일본아동문학』[7]을 중심으로 한 잡지 및 평론서나 연구서 등에는 판타지에 대한 논의가 빈번해졌는데, 그때마다 빠지지 않고 언급되는 작가가 바로 미야자와 겐지이다. 또한 미야자와 겐지의 판타지는 일본 아동문학사에서 근대에 해당하는 1920년대와 30년대 초반에 작품이 쓰여져 '겐지 동화'라고 그 작품군이 호칭되기도 한다.

넌센스, 풍자, 유머, 언어유희, 동물 및 숲·이계異界와의 교류 등 판타지 요소를 담은 9편의 단편이 수록된 『주문 많은 음식점』 서문에는

---

7 잡지 『일본아동문학』은 1946년 3월에 결성된 아동문학자협회(현재는 일본아동문학자협회)의 협회지로 같은 해 9월에 창간되어 지금까지 이어오고 있는 일본의 아동문학을 대표하는 잡지이다.

이시이 모모코 등이 『어린이와 문학』에 인용한 스미스의 "눈에 보이는 듯이 할 것"이라는 판타지 정의와 상통하는 문장이 눈에 띈다. 아래에 미야자와 겐지가 쓴 서문 중 그에 해당하는 부분을 발췌해 본다.

> 이들 제 이야기는 모두 숲과 들과 철도 선로 등에서, 무지개와 달빛에서 얻어온 것입니다.
> 정말이지 저녁 무렵 푸른 떡갈나무 숲을 혼자서 걷거나, 11월 바람 부는 산 속에 덜덜 떨며 서있으면 절실하게 이런 느낌이 드는 것을 어쩔 수가 없습니다. 정말로 너무나도 진짜로 이런 일들이 있을 것만 같아 어쩔 수 없는 일을 저는 그대로 적었을 뿐입니다.[8]

즉 위에 인용한 서문의 말을 빌리면 미야자와 겐지의 판타지는 본인이 직접 몸으로 느낀 일들을 체험한 그대로 눈에 보이듯이 글로 적은 것이라 할 수 있는데, 위 인용문 중에서도 특히 "진짜로 이런 일들이 있을 것만 같아 어쩔 수 없는 일을 저는 그대로 적었을 뿐"이라는 부분이 스미스의 판타지 이론과 접목되는 부분이라고 할 수 있겠다.

또한 미야자와 겐지는 『주문 많은 음식점』의 신간안내를 위한 광고문을 직접 집필하며 가공의 환상 공간을 설정하고 이를 이하토부ィ ーハトヴ로 명명한다. 미야자와 겐지는 이하토부에 대해서 "저자의 심상心象 속에" 실제로 존재하는 "드림랜드 속의 일본 이와텐현"이라고 소개하며, "모든 것이 가능"한 이 공간을 "굳이 그 지점을 찾으려 한다면

---

8 宮沢賢治, 「序」, 『注文の多い料理店』, 角川文庫, 1996년 6월 25일, 3쪽.

그것은 대소 크라우스들이 경작하던 들이나 소녀 엘리스가 여행한 거울 나라와 같은 세계 속"[9]이라는 표현으로 묘사하고 있다.

겐지의 마음(심상) 속에 존재하는 가상 세계, 하지만 현실에도 실재하기도 하는 이후토부라는 공간은 겐지의 초창기 동화를 시작으로 대부분 작품의 무대가 되었는데, 인간 욕망의 허상을 중후하게 그려낸 「빙하쥐 털가죽」이나, 한 인간의 일대기를 리얼하면서도 실로 진지하게 그려낸 후반기 작품인 「구스코 부도리의 전기」 또한 그 무대가 되었다. 따라서 작가 미야자와 겐지의 작품들 전체적인 맥락에서 보았을 때는 이러한 가상공간 '이하토부'는 현대의 하이 판타지와 접목시켜 생각할 수 있는 연결고리를 시사하기도 한다.

1924년에 자비 형태로 미야자와 겐지 생전에 간행된 동화책 중 유일한 작품집인 『주문 많은 음식점』에 수록된 9편의 동화에 대해서도 겐지는 "이하토부" 즉 "작가의 심상 스케치의 일부분"[10]이라고 소개한다. 이 9편의 단편 판타지 작품들은 옛이야기에서 쉽게 발견할 수 있는 동물이나 이계와의 소통과 경계 넘나들기와 공존이 산악지대나 숲을 매개로 유머러스하게[11] 그려진 여섯 작품을 비롯해(「도토리와 산코양이」, 「늑대 숲, 소쿠리 숲, 도둑 숲」, 「수선달의 4일」, 「산남자의 사월」, 「떡갈

---

9 宮沢賢治, 「付録『注文の多い料理店』新刊案内」, 같은 책, 160쪽. 인용문 중 대소 크라우스란, "안데르센 동화 『대 크라우스 소 크라우스』의 등장인물. 가난한 농부 소 크라우스가 부자 농민인 대 크라우스의 박해를 참아내고 마지막에 승리하는 이야기"를 말한다. 『注文の多い料理店』, 角川文庫 주석을 참고함, 174쪽.

10 위의 책.

11 단, 이 작품군에 예를 든 「수선달의 4일」은 산악지대를 무대로 이계와의 공존이 그려진 판타지로, 유머러스한 면보다는 감정의 공유에 따른 생명에의 따스한 시선이 더 강조된 작품이다.

나무 숲의 밤」, 「사슴춤의 시작」), 서양의 근대 문물을 추종하며 신분, 돈에 대한 가치관을 우선시하는 두 도회인에 대한 풍자를 담은 동화집의 표제작이기도 한 「주문 많은 음식점」, 전쟁에 대한 공포와 회의, 사랑에 대한 환희를 동물 우화를 통해 그린 「까마귀의 북두칠성」, 전기라고 하는 근대문물을 소재로 하여 근세에서 근대로의 이행 과정에서 일어나는 웃지 못할 에피소드와 전봇대들의 고된 행진을 진지하게 그려낸 「달밤의 전봇대」 등이 들어 있다. 이들 작품집에는 삶의 다양한 단면들이 언어유희를 통한 위트와 재치로 넘쳐나거나, 단편임에도 불구하고 인간과 자연에 대한 제반 문제가 심오하게 그려져 있기도 하다. 또한 생명 연장에 있어서 필수 요소인 음식들 떡, 경단, 설탕과자, 사탕, 양식 요리, 게다가 심지어는 담배와 술까지 그려지며 이들 먹거리는 이야기 속에서 이계와의 소통 매개체로서 그 역할을 담당하고 있다.[12]

직접 작성한 광고 전단지에서도 발견할 수 있는 것처럼 미야자와 겐지는 안데르센을 시작으로 루이스 캐롤, 러시아 문학, 인도 시인 타골 등 당시 유입된 풍부한 동서양의 문예 서적들은 물론이고, 과학이론에도 조예가 깊었으며, 음악과 그림에 대한 관심도 많았으며 본인 스스로도 악기를 연주하고 그림을 그리는 등 예술 방면에서 뛰어난 재능을 보였다. 또한 미야자와 겐지의 작품에는 우화, 메르헨, 동화, 판타지, 리얼리즘 등이 복합적이면서 다양한 양태로 담겨져 있다.

---

12 단, 음식과 관련해서 「까마귀의 북두칠성」은 예외이다.

2) 사토 사토루의 『아무도 모르는 작은 나라』, 이누이 도미코의 『나무 그늘 집의 소인들』[13]

본격적인 장편 판타지의 탄생을 가져오며 일본 현대 판타지계의 기념비작으로 평가되는 『아무도 모르는 작은 나라』(1959)의 작가 사토 사토루와, 『나무 그늘 집의 소인들』(1959)의 작가 이누이 도미코는 두 작가 모두 미야자와 겐지의 영향을 받았다.

미야자와 겐지와 마찬가지로 『아무도 모르는 작은 나라』도 출판사 고단샤에서 정식으로 간행되기 전에 작가 본인에 의해 자비출판되었다. 그러다 마침 당시 활발하게 소개되고 있던 서구 아동문학의 명작·걸작에 뒤지지 않는 "독창적인 일본의 작품, 이야기성이 풍부하고 매력적인 새로운 장편 아동문학"[14]을 출판하고자 하는 의욕을 품고 있던 편집자의 눈에 띄어 간행되었다.

『아무도 모르는 작은 나라』는 이후, 『콩알만 한 작은 개』(1962), 『별에서 떨어진 작은 사람』(1965), 『신비한 눈을 가진 아이』(1971), 『꼬마 아가씨 뱀밥뜨기의 모험』(1983) 등 전 5권의 시리즈로 출판되었다. 이들 시리즈는 '고로보쿠루 이야기'라는 별칭으로 널리 통용되고 있기도 하다.[15]

---

13 사토 사토루와 이누이 도미코에 대한 일부 고찰은 동화와 번역연구소 주최, 2007년 춘계학술대회 〈아동문학과 판타지〉에서 필자가 발표한 「일본적인 판타지의 세계-사토우 사토루의 『아무도 모르는 작은 나라』」의 연장선에서 고찰하고자 한다. 한편 이 발표문(2007)은 논문으로는 나오지 않았다.

14 曾我四郞, 「「だれも知らない小さな国」と私」, 『鬼ヶ島通信』 1999·EAUTUMN 第34号, 鬼ヶ島通信社, 1999년 11월 30일, 5쪽.

15 『아무도 모르는 작은 나라』는 우리나라에서는 1992년 정신세계사에서 출판되었고, 같은 햇살과나무꾼 번역으로 2001년과 2002년까지 시리즈 5편이 논장에서 재출판되었다. 한국어 제목은 햇살과나무꾼 번역에 따랐다.

『아무도 모르는 작은 나라』는 소년이 마을 근처에 있는 작은 산에 들어가 그 작은 산의 아름다움에 심취되어 그 속에서 자신만의 상상의 날개를 펴며 혼자만의 놀이를 즐기던 차에, 그 산의 원 주인인 소인 고로보쿠루를 만나게 되면서 시작되는 이야기이다. 이윽고 청년이 된 소년은 전쟁이 끝난 무더운 여름날, 문득 그렇게도 좋아했던 작은 산을 떠올린다. 그리고 산을 찾아가 고로보쿠루와 재회를 이루고, 작은 산에 사는 소인들과 자신의 삶을 지키기 위해서 작은 산을 자신의 소유지로 확보한 뒤, 그곳에 그들만이 아는 다른 사람은 아무도 모르는 작은 세계를 건설한다.

이 책을 집필하여 출판할 당시에는 판타지라고 하는 용어와 장르가 일본 아동문학계에 널리 통용되기 전으로 사토 사토루는 자비출판 『아무도 모르는 작은 나라』에 「신일본전설」이라고 하는 부제를 붙였다고 하는데, 그는 책이 나온 다음에 자신의 작품이 판타지로 호칭되면서 판타지라고 하는 용어를 의식하게 되었다고 한다.[16]

요정fairy 같은 소인 캐릭터를 갈망하고 있던 사토 사토루는 일본 홋카이도北海道에서 지금도 독자적인 문화를 계승하고 있는 아이누 민족의 전설 속에 존재하는 소인 '고로보쿠루'와 일본 신화에 등장하는 '스쿠나히코나노미코토少彦名神' 사이에서 공통점을 발견한다. 이러한 전설과 신화 속에서의 발견은 사토 사토루가 판타지 세계를 펼칠 수 있는 날개를 만들어 준 셈이다.

같은 해인 1959년에 간행된 또 하나의 장편 판타지인 이누이 도미

---

16 神宮輝夫, 『現代児童文学作家対談1 佐藤さとる、竹崎有斐、筒井敬介』, 偕成社, 1988년 10월, 17~18쪽.

코의『나무 그늘 집의 소인들』도 영국에서 건너온 소인들에 대한 이야기이다. 60년에 출판된『어린이와 문학』의 공동저자이기도 한 이누이 도미코는 전쟁 시기에 강요된 교육을 받은 반동에서 일본적이고 애국적인 것에 대해 강한 거부반응을 느꼈다고 한다. 그런 이누이 도미코는 세계 명작 동화에 심취하였고 미야자와 겐지의 작품을 만나 비로소 일본 아동문학을 받아들일 마음이 일었다고 한다. 그러한 그녀가 서구 작품의 영향으로 일찍부터 판타지 동화에 대한 인식하에, 관심을 갖고 소인이 나오는 판타지를 집필하고 있을 때 사토 사토루로부터 자비출판된『아무도 모르는 작은 나라』가 보내져 왔음을 밝히고 있다.[17]

사토 사토루가『아무도 모르는 작은 나라』집필 당시 판타지라는 용어와 장르에 대한 큰 의식 없이 판타지를 창작했다고 한다면 이누이 도미코는 이처럼 서구 판타지를 의식적으로 인식하고 판타지를 집필했다. 그런 이누이 도미코의『나무 그늘 집의 소인들』의 소인은 1910년대에 영국 여성교육자를 따라 서구에서 도래한 요정을 가리킨다. 이들 요정들은 여성교육자가 모국으로 돌아가고 나서도 계속 일본에 남아 그 후 일본인 가족인 모리야마 일가에 전수된다. 네 명의 소인들은 인간이 건네주는 우유를 유일한 식량으로 목숨을 유지하게 되는데 일본 안에서 전쟁이 격화되면서 이들의 생명 존속은 위협을 받게 된다.『나무 그늘 집의 소인들』의 속편으로는 일본 토착 소인과의 공존을 그린『암흑 계곡의 소인들』(1972)이 있다.

---

17 いぬいとみこ,『子どもと本をむすぶもの』, 品文社, 1974년 12월 25일, 204~207쪽.

이처럼 『아무도 모르는 작은 나라』와 『나무 그늘 집의 소인들』은 1959년에 출판된 장편 판타지 동화라는 점 말고도 특정한 몇 사람과 소인들간의 소통, 전쟁이 배경이 된 점 등이 공통점이라 할 수 있겠다.[18] 또한 이들 작품은 그 어떠한 권력이나 강요하에서도 침해받을 수 없는 개인의 존엄, 타인에 대한 신뢰, 공존이라고 하는 지극히 기본적이면서도 실제로는 실천하기 어려운 가치관을 다룬 판타지이며,[19] 전쟁에 대한 무고함을 다룬 전쟁 아동문학이기도 하다.[20]

하지만 『아무도 모르는 작은 나라』는 자신의 작은 산에, 『나무 그늘 집의 소인들』은 자신들의 집 안 서재 안에 소인과 요정을 숨기듯이 감추며 극히 소수의 몇 사람과의 소통을 그린 탓에, 비평자들로부터 내향적이라는 비판을 받게 되는데, 이는 역시 두 작가의 실제 전쟁 체험이 깊게 깔려 있기 때문이라 볼 수 있다. 따라서 같은 공존을 그렸어도 겐지의 작품에서 나타나는 외향성과는 대별되는 지점이기도 하다.

---

18 김영순, 앞의 자료집(동화와 번역연구소, 2007년)에서 일부 참고함, 51쪽.

19 위의 자료집, 53쪽.

20 실제로 인간이 일으킨 전쟁을 소재로 한 아동문학작품은 영국 아동문학작가인 Robert Westall(1929~1993)의 『동생의 전쟁』(일본어판 1995년)과도 접목된다. Robert Westall의 이 작품은 영국의 소년의 몸속에 걸프전쟁에서 전사한 이라크 군의 소년병의 혼이 들어오면서 일어나는 사건을 다룬 이야기로, 리얼리즘이라고 볼 수 있고 판타지라고도 볼 수 있는 전쟁 아동문학작품이다.

3. 우에하시 나호코의 『정령의 수호자』

겐지에서부터 이어지는 공존의 문제, 『아무도 모르는 작은 나라』나 『나무 그늘 집의 소인들』처럼 누군가(어른)가 누군가(소인 또는 어린이)를 보호하고 그로 인해 살아가는 이유를 발견하는 수호를 다룬 판타지는 1990년대에도 면면이 이어져 있는 것처럼 보인다. 예를 들면 우에하시 나호코의 『정령의 수호자』(1996, 한국어번역은 2002)가 그렇다.[21] 『정령의 수호자』는 30세의 여성 무술가 '바르사'와 12살의 왕자 '자금'이 주인공으로 둘 다 수호자에 해당한다. '자금'은 농사에 필요한 비를 내려주는 등 자연계 속 물의 정령의 수호자이고, '바르사'는 그런 '자금'을 수호한다.

'신요고왕국'이란 가상공간을 무대로 한 '수호자' 시리즈 첫 번째 작품인 『정령의 수호자』는 선주민이 지닌 토속신앙과 외부에서 들어온 신요고왕국의 건국신화가 수수께끼처럼 서로 맞물리며 무술가, 주술사, 왕가, 점성술사 등의 활약을 통한 이야기가 흥미진진하게 펼쳐진다. 또한 평이한 문장에 대중적인 요소를 적절히 가미시키며 현재의 일본 판타지의 전형적인 요소를 제공하기도 한다. 즉 작가 자신이 호주의 선주민을 연구하는 문화인류학자인 만큼 전래 동요, 전통 축제 등의 전래적인 요소와 신화, 실재하는 것 같은 가상공간, 싸움, 수수께끼 등 판타지가 가지고 있는 특성을 적절하게 살리고, 애니메이션 기법이 엿보이는 삽화 등이 의식적으로 계산되어 쓰이고 편집된 작품이

---

21 김영순, 앞의 자료집, 53쪽.

라고 볼 수 있다. 우에하시 나호코의 이 하이 판타지 작품은 2007년까지 7작품의 시리즈가 출간되었다.

이는 판타지를 의식하지 않고 자신이 처한 근대와 치열한 삶의 대면을 통해 판타지를 집필한 미야자와 겐지에서, 새로운 수법을 통한 현실문제 탐구를 위해 판타지를 의식한 사토 사토루와 이누이 도미코 세대를 거쳐, 현재 일본에서는 판타지를 위한 판타지 작품이 탄생되고 있다는 점을 시사한다고 볼 수 있다.

4. 공존과 수호의 의미

원시적인 속성이 그래도 남아 있던 근대 사회에서는 숲과 동물과 이계는 더불어 공존하는 관계를 유지하고 있었다. 이러한 공존의 자연스러움은 미야자와 겐지의 작품에서 두드러지게 나타난다. 구체적으로 『주문 많은 음식점』 중 「늑대 숲, 소쿠리 숲, 도둑 숲」에 그려진 인간과 숲과 그 숲에 사는 동물과 신들은 결코 부유하지는 않지만 정신적인 넉넉함과 여유를 지니고 있다. 따라서 새로운 삶을 희망하며 숲에 찾아든 농부들은 그냥 마구잡이로 자신들의 이익을 위해 자연을 파괴하거나 유린하지는 않는다. 농부들은 숲을 향해 큰소리로 "여기에 밭을 일구어도 될까?", "여기에 집을 지어도 될까?", "여기에 불을 피워도 될까?"를 타진하고, 숲은 이에 "괜찮구 말구"라며 허락한다. 그래서 좁쌀떡을 둘러싸고 농부들과 숲 사이에 벌어지는 일련의 소동에서는 유머가 느껴진다. 이러한 자연과의 공존 및 조화는 미야자와 겐지가 생활한 일본 동북지역인 이와테현이 가지고 있는 자연에서 연유한 지역성도 한 몫을 담당하고 있다고 볼 수도 있겠다.

하지만 19세기 중반에 서양에서 들어온 신물문인 근대가 일본에 들어선 지 반세기를 지나 1920년대, 30년대를 들어서며 자본주의가 고도화되고, 물질 만능이 우선시되는 사회 풍조 속에서 40년대 전쟁으로 치닫는 파괴력은 타국에 대한 침해뿐만이 아니라 자국의 인간 본성의 순수성마저 침해한다. 그리하여 60년대를 전후로 그려진 사토 사토루나 이누이 도미코의 판타지에서는 이계와의 공존은커녕 개인의 존엄마저 파괴당하는 위험에 처하게 된다. 그로 인해 이들의 공존은 일반 사람들에게 알려져서는 안 되는 비밀성을 띠게 된다.

사토 사토루의 『아무도 모르는 작은 나라』의 소년은 전쟁이 끝난 뒤 그 상처를 치유하기라도 하듯 산을 찾고, 소인 '고로보쿠루'와의 재회를 통해 비로소 전쟁으로 인해 상실한 삶의 의미를 회복한다. 따라서 『아무도 모르는 작은 나라』는 일방적으로 누가 누군가를 위해 구속하는 보호나 수호가 아닌 서로의 현재와 미래를 위해서 서로 공유하고 공존하는 관계로 그려진다. 전쟁과 경제 성장이라고 하는 일본의 급격한 사회 변화에 따라 위기감을 느낀 소인들 스스로가 적극적으로 자신들의 이해자를 찾아 나선 점과, 그와 동시에 개개인의 존엄을 잃게 하는 전쟁, 그 후의 가치관의 전복을 겪은 소년(청년)이 자신을 치유하고 인간의 존엄성을 회복하기 위해 산을 찾아 나선 점이 일방적이 아닌 쌍방으로 작용하는 힘이 되었다. 이처럼 이들의 만남이 이루어짐으로 인해 한쪽은 잊혀졌던 뿌리를 되찾고, 한쪽은 한 인간으로서 존엄성을 확인하게 된다.[22] 하지만 이러한 공존 관계를 위해서 '작은 산'은 반드시 그들의 소유가 되어 비밀이 유지되어야 할 필요가 있고, 그러한 서로의 비밀스러운 관계 속에서 공존될 수밖에 없다.

한편 국가에 대한 헌신과 회의, 전쟁에 대한 공포와 삶의 불안 속에서 소인들을 지키고자 하는 이누이 도미코의 『나무 그늘 집의 소인들』 속에서의 소인과 인간의 공존은 일방적인 의존관계의 강도가 진하고, 주인공들은 전쟁 통에 우유를 손에 넣고자 거의 필사적이다. 인간과 요정의 소통의 매개체이자 신뢰관계를 상징하는 '우유' 확보는 전쟁으로 인해 위기에 처하며 서로에게 부담감으로 작용한다. 따라서 이 판타지에서 여유와 유머를 기대하기는 어렵다. 겐지 판타지가 주는 원시적인 속성과의 공존을 통한 여유로움은 더 이상 기대할 수 없는 상황이 도래했음을 말해준다.

사토 사토루와 이누이 도미코의 두 작품은 마법의 힘을 빌려 세상을 전복하거나 변혁하고자 하는 거대 주제는 엿보이지 않는다. 일본의 군국주의가 개인의 삶을 위협하는 시기에 어린 시절을 보낸 이들 작가들은 인간 본연의 존엄 및 생명과 꿈, 그리고 희망을 '소인'이란 캐릭터로 상징했으며, 국가 권력에 의해 침해의 위협이 가해질 때 이러한 '소인'은 반드시 수호해야 할 부분으로 표현되었다고 볼 수 있다.

90년대의 우에하시 나호코의 『정령의 수호자』에 들어서면 원시적인 정령과의 공존은 거의 위태로울 지경이어서 반드시 수호자가 필요

---

22 위의 자료집, 52쪽.

하다. 1960년대 전후의 판타지 사토 사토루의『아무도 모르는 작은 나라』와 이누이 도미코의『나무 그늘 집의 소인들』에서는 보호하고 수호하는 자가 자신들이 솔선해서 역할을 맡는 등 능동성이 강하다. 이에 반해, 우에하시 나호코의『정령의 수호자』에서는 왜 자신인가에 대한 의문과 분노가 그려지는 등 수동성이 수반되지만 그와 더불어 삶의 의미 찾기와 발견, 자기실현, 성장 등의 통과의례적인 면이 중첩적으로 표현되어 있다.

우에하시 나호코의『정령의 수호자』에 등장하는 물의 정령은 스스로는 다시 탄생할 힘마저 상실하여 반드시 인간의 몸, 그것도 강한 생명력을 지닌 11~12세 어린이들을 선택해 그 몸속에 알을 낳고 기생하는 형태로 그려진다. 알을 기생시킨 후에도 위협은 끊이질 않아 수호자를 수호하는 또 다른 전문 수호자가 필요할 지경이다. 즉 현대에 들어서면 들어설수록 원시적인 속성, 이계, 이인異人에 대한 수호의 강도가 강해짐을 알 수 있다. 즉 이들과의 공존이 사실상 불가능한 현실을 수호라는 의미로 대변해 주고 있다고 말할 수 있다.

5. 일본 판타지의 한계와 모색

평소의 생활 속에서 동물과 인간과의 소통이나 신기하고 환상적인 현상들이 감각적으로 표현되고 있는 메르헨과, 근대 이후 새로운 표현

양식으로 도입된 영미 판타지의 두 흐름은 현대 일본 판타지의 독특한 특징을 대변해 주고 있다.

한편 미야자와 겐지의 판타지 세계에서 보이던 서로 독립적인 존재로서 공존했던 세계는 이윽고 위기를 맞게 된다. 근대 제반 문물의 비약적인 진보와 제2차 세계대전, 태평양전쟁으로 치닫는 폭력성은 더불어 원시성, 자연성, 동물 및 이계와의 공존에 위협을 가하며, 일본의 현대 판타지는 전설, 신화적인 요소와의 접목을 꾀하면서 이에 대한 회복을 위해 분투하지만, 공존의 어려움은 보호하고 수호하려는 쪽으로 의미부여가 강조되었다. 특히 사토 사토루와 이누이 도미코의 판타지는 일본이 일으킨 침략과 전쟁에 대한 비판의식의 표출로, 그들이 지키고 수호하고자 하는 인간 본연의 요소의 상징으로서 '소인'이 존재한다. 하지만 사토 사토루의 『아무도 모르는 작은 나라』의 내향적인 성향이기는 하나 공존 관계가 형성되었던 보호와 수호는 속편으로 이어지는 '고로보쿠루' 시리즈에서는 고로보쿠루의 근대화 노선으로 이야기가 진행되며 그 한계를 드러내고, 이누이 도미코의 '소인' 이야기 두 편은 부조리로 가득 찬 사회에 대한 분노가 선행되며 작품으로서의 확장[23]을 가져오지 못하면서 그 또한 한계를 드러낸다. 한편 광대한 가상공간의 구축을 통해 판타지 세계의 확장을 꾀한 우에하시 나호코의 '수호자' 시리즈는 속편이 간행될 때마다 새로운 왕국들이 등장하며 무대는 확장되나 이야기 자체는 지엽적으로 빠져들며 긴장감을 잃게 된다. 이는 또한 일본적인 판타지의 한계를 내포하고 있는지

---

23 安藤美紀夫·猪熊葉子·上野瞭, 「空想物語の可能性」, 上野瞭責任編集, 『空想の部屋 叢書児童文学 第3巻』, 世界思想社, 1979년 5월 20일, 270~271쪽.

도 모른다.

또한 같은 공존이 그려져 있어도 공존과 보호와 수호가 의식적으로 다루어진 사토 사토루, 이누이 도미코, 우에하시 나호코의 판타지는 전쟁이나 권력투쟁이 동반하는 부조리와 파괴력에 저항하는 방식이 지극히 소극적이고 개인성이 강조되는 일본적인 발상에 그쳐 세계적인 관점에서의 시야를 획득하지는 못하였다. 즉 보호와 수호의 의미가 강조되면 강조될수록 폐쇄성을 띠고 보편성에서 벗어나는 쪽으로 작용하고 마는데, 이 점이 또한 일본 판타지의 한계라고 말할 수 있으며 이런 면에서 일본 판타지의 진통과 모색은 현재진행형이라고 볼 수 있겠다.

일본 판타지의 현황과 의미에 대해서 심층적으로 파악하기 위해서는 메르헨 계열의 판타지를 비롯한 다양한 현대 판타지 작품을 시야에 넣고 좀 더 포괄적인 접근이 필요하며, 서양 판타지와의 비교 분석도 요구되지만 부족한 점은 다음 과제로 넘기고자 한다.[24]

---

24 본문에 인용된 일본어 문헌에 대한 한국어 번역은 필자에 의함.
한편 이 글은 「일본적인 판타지의 세계-사토우 사토루의 『아무도 모르는 작은 나라』」(동화와 번역연구소, 2007 춘계학술발표대회)와 「일본에서의 판타지의 현황과 의미-공존과 보호·수호가 내포한 의미를 중심으로」(한국아동문학회, 2009 봄 학술대회)란 두 개의 발표를 통해 고찰된 내용이 토대로 되어 있으며, 토론자로 나와 필자의 원고에 의견을 제시해 준 박숙경(2007), 임성규(2009) 두 분의 토론 및 토론문에서 많은 시사를 얻었다.

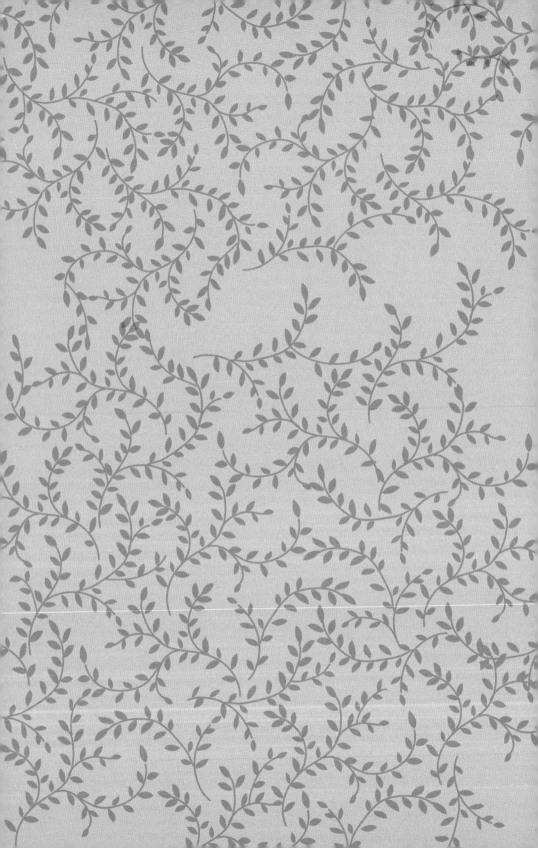

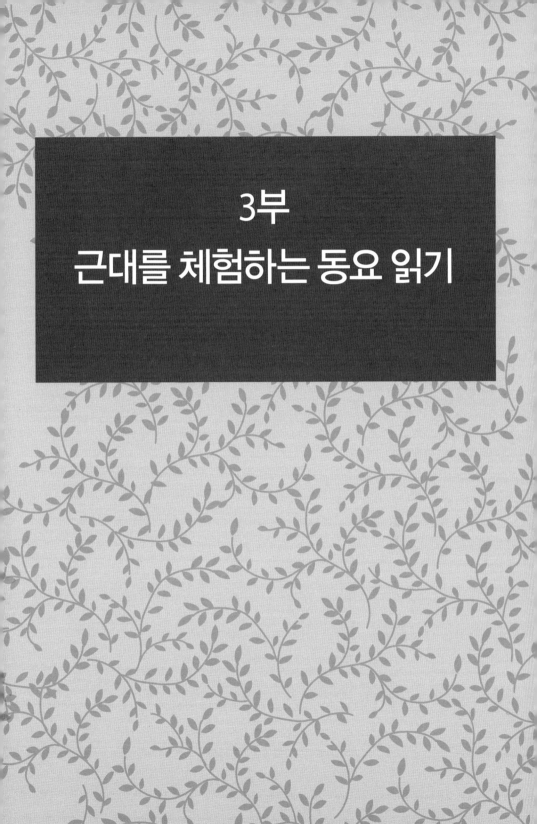

3부
근대를 체험하는 동요 읽기

1장

일본 1세대 동요 시인들의 작품 세계

1. 세 동요 시인의 특징과 첫 동요집

1) 기타하라 하쿠슈, 사이죠 야소, 노구치 우죠

일본에서 동요의 시작은 기타하라 하쿠슈北原白秋, 1885~1942, 사이죠 야소西条八十, 1892~1970, 노구치 우죠野口雨情, 1882~1945의 등장과 더불어 열리게 된다. 이들은 일본 근대 동요의 대표 시인 3인방으로 일본에서 아동문학운동이 본격적으로 일어난 1910년대 후반, 예술성을 전면에 내세운 『아까이 토리』[1]赤い鳥, 『킨노 후네金の船』, 『도우와童話』 등의 잡지 창간과 더불어 본격적인 발표 무대를 갖게 된다.

기타하라 하쿠슈는 『아까이 토리』를 중심으로 활동하였는데 어린이의 특성보다는 교훈성을 더 중시한 당시 유행했던 노래인 일본 문부성 창가를 비판하였다. 그러면서 일본 동요의 근본은 전래 동요와 민요에 있다며 동요 속에 어린이의 참 모습을 담는 것을 숙원으로 하였다. 기타하라 하쿠슈와 마찬가지로 창가에 대한 비판의식을 갖고 『아까이 토리』에 동요를 게재하며 본격적인 동요작가로 등장한 사이죠 야소는 프랑스의 상징시를 의식하며 어린이의 몽환성을 담은 자유로운 발상과 표현으로 특이한 매력을 발산하는 시를 발표하였다.[2] 또한 노구치 우죠는 『킨노 후네』를 주 활동 무대로 삼아 서정적이면서도 일반 서민의 삶 속에서 느낄 수 있는 자연물과의 교감 및 그 속에서

---

1 잡지 이름인 '아까이 토리'에 대한 한글식 표기는 여럿 된다. '붉은 새', '빨간 새', '아카이 토리', '아카이 도리' 등이다. 여기에서는 그중 임의로 일본식 발음에 가까운 음을 차용하여, '아까이 토리'로 표기했음을 밝혀둔다.

2 鳥越信, 『たのしく読める日本児童文学(戦前編)』, ミネルヴァ書房, 2004년 4월 10일, 70~87쪽.

풍겨 오는 짙은 흙냄새 감도는 동심에 기조한 시를 발표하였다.

2) 첫 동요집의 특징

기타하라 하쿠슈의 동요집『잠자리의 눈동자トンボの眼玉』는 1919년
에 간행되었다. 이 동요집은 동요 시인 기타하라 하쿠슈의 첫 동요집
인 동시에 일본 작가에 의한 최초의 동요집이기도 하다. 하쿠슈는 자
신의 주 활약 무대였던『아까이 토리』에 발표한 동요를 모아 현대적인
터치의 삽화를 곁들인 아름다운 그림동요집 형태로 작품집을 간행했
는데, 하쿠슈는 머리말에 자신의 동요창작 취지를 아래와 같이 밝히
고 있다.

(…) 옛 아이들은 이처럼 스스로 자연 그 자체에서 배우며, 기쁠 때나
슬플 때나 그야말로 아이들은 아이답게 손으로 박자를 맞추며 노래
를 불렀습니다.
(…) 요즘 아이들은 자신들이 원하는 동요나 그 밖의 것들을 그다지 학
교나 부모들로부터 전수받지 못하고 있습니다. 그것은 요즘 세상이 너
무나도 물질적이고 공리적이기 때문입니다.
(…) 제 동요는 단지 아름답다거나 품위 있는 시만이 주를 이루는 것은
아닙니다. 게다가 다소 철이 든 13·4세 이상의 소년소녀들의 노래라기
보다는 그보다 어린 아이들에게 읽혔으면 하는 바람입니다. 거기에는
소박한 치장하지 않은 아이의 감각이라고 하는 것, 그러한 생동감 넘
치는 감각에 뿌리를 둔 것들로, 알몸의 어린이 마음을 그대로 울리는
그러한 것을 염두에 두고 썼습니다.

(…) 제 동요에 아직 어른 냄새가 가시지 않았다면 그것은 제가 아직도 진정한 어린이의 마음으로 돌아가지 못했기 때문입니다. 그렇게 생각하면 어린이 자신의 생활에서 자연스럽게 말이 되어 부르지 않으면 아니 될 동요를 어른인 제가 대신하여 짓는다고 하는 것도 저에게는 왠지 걱정이 앞섭니다. 그래도 우리들 어른이 먼저 그 아이들 마음속에 있는 그러한 노래하는 마음을 밖으로 끄집어내어 주는 일도 필요하다고 봅니다. 그러한 마음으로 저는 동요를 짓고 있는 것입니다.[3]

하쿠슈의 첫 동요집은 전래 동요와 민요조를 의식한 음율과 반복, 언어 사용으로 인해 경쾌한 리듬감이 느껴지는 것이 특징이라고 볼 수 있다. 그와 함께 위에 하쿠슈 본인 또한 머리말에서도 언급한 것처럼 어린아이들의 짓궂음이나 잔인한 속성이 동요 속에 표현되어 있기도 하고, 옛이야기를 소재로 노래하는 서사시 형태의 동요도 눈에 띈다.

한편 사이죠 야소의 첫 동요집은 1921년에 간행된 『앵무새와 시계 鸚鵡と時計』이다. 『아까이 토리』에 1918년부터 21년까지 발표한 동요를 모아 엮으면서 역시 아름다운 그림을 곁들였다. 사이죠 야소의 환상적이면서도 자유로운 발상으로 쓰여진 이들 동요는 그때까지 일본 어린이 노래에서는 볼 수 없었던 근대성과 낱말 등이 표현되며 기타하라 하쿠슈와는 또 다른 강렬한 자극을 독자에게 심어 주었다.[4] 사이죠 야소의 첫 동화집에는 상징, 환상, 유머, 위트가 느껴지는 시들이 다양하게 들어 있다.

---

3 北原白秋, 「はしがき」, 『トンボの眼玉』, アルス, 1919년 10월 15일, 1~15쪽.
4 鳥越信, 앞의 책, 82쪽.

사이죠 야소는 『앵무새와 시계』 서문을 통해 아래와 같이 동요를 쓰게 된 동기와 취지를 피력하고 있다.

(…) 나는 어제 일처럼 지난 여름날 오후 스즈키 미에키치 씨[5]가 갑자기 간다(神田) 뒷골목 셋방으로 찾아와서 한번도 만난 적이 없는 나에게, 『아까이 토리』를 위해서 동요를 써 주기를 간곡하게 권할 때의 열정적인 인상을 생생하면서도 그립게 떠올리게 된다.
내 동요 중에서도 「카나리아」는 지금 가장 널리 아이들 입에 오르내리고 있는 노래인데 당시 나는 실제로 "노래를 잃어버린 카나리아"였다.
(…) 나는 그냥 세상 아이들에게 좋은 노래를 들려주고자 하는 평범한 동기 말고도 그에 더해 어른들에게도 노래를 들려주어 그들의 가슴에 옛 어린 시절의 순수한 정서를 일깨워 주고 싶은 희망을 안고 동요를 썼다.
(…) 동요 시인으로서 현재 나의 사명은 고요한 정서를 담은 노래로 고귀한 환상, 즉 지혜와 상상을 세상의 아이들의 가슴에 심어 주는 것이다. 그리고 그로 인해 앞으로 더욱더 격심해질 '생존투쟁' 속에서 살아갈 그들을 위해 미약하나마 녹지를 제공함과 동시에 더불어 이 귀와 눈으로 감지할 수 있는 세계와 단절하고 넓디넓은 진정한 세계와 그들을 인도하는 기회를 만드는 것 외에 다른 것은 없다.[6]

---

5 스즈키 미에키치(鈴木三重吉, 1882~1936), 잡지 『아까이 토리』를 창간한 소설가이자 아동문학가.
6 西条八十, 「『鸚鵡と時計』序」, 『日本児童文学体系(2)』, 三一書房, 1955년 8월 30일, 332~334쪽.

『아까이 토리』에 동요를 게재하게 되는 것을 계기로 사이죠 야소는 "자신이 참된 시의 정신으로 복귀"[7]하게 되었다고 말하고 있는데, 여기서 알 수 있는 것은 사이죠 야소는 13·4세 이하의 어린이를 대상으로 동요를 집필한 기타하라 하쿠슈와는 달리 일상생활의 삶 속에 찌들어 어린 시절의 감성을 상실한 어른들도 그 대상으로 염두에 두고 동요를 집필하였다는 점이다.

마지막으로 노구치 우죠의 첫 번째 동요집『보름날밤 달님十五夜のお月さん』도 사이죠 야소의 첫 동요집과 같은 해인 1921년에 간행되었다. 기타하라 하쿠슈와 사이죠 야소가『아까이 토리』에 발표한 동요를 중심으로 첫 동요집을 간행했다면 노구치 우죠의『보름날밤 달님』은『아까이 토리』의 영향을 받아 창간된『킨노 후네』에 발표한 동요를 중심으로 엮되, 앞에서 살펴본 두 시인과 마찬가지로 아름다운 삽화가 곁들여진 작품집을 간행하였다. 노구치 우죠의 이 동요집은 수작과 범작의 차이가 심하다는 평가[8]를 받고 있는 시인의 경향을 봐서는 대체적으로 문예적으로 질이 높다는 평가를 받고 있는데, 알기 쉽고 소박한 구어체로 감정에 호소하면서도 노래하는 예술 교육을 목표로 한 시인의 면목이 잘 드러난 작품집이기도 하다. 작품집에 실린 시의 경향을 살피면 아이의 눈높이에서 자연물 또는 동물과의 교감을 서정적으로 노래한 것, 시골 풍경 속에서 익숙하게 볼 수 있는 여러 모습을 소박하게 읊은 것, 동물이나 새가 지닌 특성에 의성어를 적절히 가미시켜 경쾌하게 노래한 것, 민요풍으로 노래한

---

7 위와 같음.

8 鳥越信, 앞의 책, 86쪽.

것, 육친에 대한 그리움을 잔잔한 애수9 속에서 노래한 것 등으로 단조로운 음율 속에 시골 정취가 물씬 풍겨 나오는 것이 가장 큰 특징으로 볼 수 있다.

그럼 이들 세 동요 시인의 각각의 첫 작품집에서 몇 편의 시를 통해 그들의 시를 직접 감상해 보도록 하자.

2. 세 시인의 첫 동요집 시 몇 수

1) 기타하라 하쿠슈의 동요

〈다람쥐 다람쥐 아기 다람쥐〉

다람쥐 다람쥐 아기 다람쥐,
쪼르륵 쪼르륵 아기 다람쥐.
포도 송이가 익었어,
울어라 울어 아기 다람쥐.

다람쥐 다람쥐 아기 다람쥐,
쪼르륵 쪼르륵 아기 다람쥐.

---

9 부인이 집을 나가고 나서 엄마를 그리워하는 아이의 모습을 노구치 우죠가 지켜보며 안타까워하며 쓴 시. 한편 노구치 우죠의 첫 동요집 『보름날밤 달님(十五夜のお月さん)』에는 다른 두 시인과 달리 서문이나 후문이 없어 작가의 말을 따로 인용하지 못했다.

저쪽 꼬리가 통통해,

흔들어라 흔들어 아기 다람쥐.

다람쥐 다람쥐 아기 다람쥐,

쪼르륵 쪼르륵 아기 다람쥐.

혼자서 건너뛰면 위험해,

업혀라 업혀 아기 다람쥐.

〈빨간 새 작은 새〉

빨간 새 작은 새.

왜 왜 빨개.

빨간 열매를 먹었지.

하얀 새 작은 새.

왜 왜 하얘.

하얀 열매를 먹었지.

파란 새 작은 새.

왜 왜 파래.

파란 열매를 먹었지.

〈금붕어〉

엄마, 엄마,

어디 갔어.

　빨간 금붕어랑 놀아요.

엄마, 오질 않아,

쓸쓸해.

　금붕어를 한 마리 찔러 죽여요.

아직도 오질 않아,

속상해.

　금붕어를 두 마리 눌러 죽여요.

왜, 왜 안 오는 거야,

배고파.

　금붕어를 세 마리 비틀어 죽여요.

눈물이 차오른다,

날이 저문다.

　빨간 금붕어도 죽어라 죽어.

엄마 무서워,

눈동자가 반짝,

　반짝반짝 금붕어 눈이 반짝.

〈물위에 뜬 농병아리 둥지〉

농병아리의 둥지에 불이 켜졌다,

불이 켜졌다.

저것은 반딧불일까, 별 꼬리일까.

아니면 살무사의 번쩍이는 눈.

개구리도 개구루루 우네,

울고 있네.

자장자장 자장자장.

부엉이도 부엉부엉 울어대네.

〈가로막기〉

빨간 빨간 봉선화.

하얀 하얀 봉선화.

그 사이를 웅크리고 지나가.

빨간 꽃 떨어지네.

하얀 꽃 떨어지네.

아니아니, 너는 못 지나가.

　　기타하라 하쿠슈의 첫 동요집에서 이상 5편의 동요를 번역해 보았
다. 하쿠슈 특유의 경쾌한 리듬감과 어감이 살아 있는 동요들과 앞에
서 언급했다시피 '어린아이들의 짓궂음이나 잔인한 속성'이 담긴 동요

를 의식해서 선별해 보았다. 특히나 〈금붕어〉의 경우는 '잔혹 동요'나 오싹함까지 느껴지는 그런 동요로까지 생각될 정도다. 하여튼 여기서 알 수 있는 것은 아이들은 천사의 마음을 지닌 존재이기도 하지만, 때로는 이런 '잔혹함' 또한 내재하고 있는 존재임을 하쿠슈가 인지하고 있었다는 사실일 것이다.

2) 사이죠 야소의 동요

〈장미〉

배 안에
두고 온 장미는
누가 주웠나.

배 안에
남아 있던 이는
맹인이 한 명
대장장이가 한 명
앵무새가 한 마리.

배 안의
빨간 장미를
주운 이는,
맹인이 한 명
지켜본 이는

파란 하늘 뿐.

〈카나리아〉

노래를 잃은 카나리아는 뒷산에다 내다버릴까요?
아니오, 아니오, 그래서는 안 됩니다.

노래를 잃은 카나리아는 집 뒤 풀숲에 묻을까요?
아니오, 아니오, 그래서도 안 됩니다.

노래를 잃은 카나리아는 버드나무 회초리로 때릴까요?
아니오, 아니오, 그러면 불쌍해요.

　노래를 잃은 카나리아는,
　상아 배에, 은빛 노
　달밤의 바다에 띄우면,
　잃어버린 노래를 생각해낸다.

〈눈물 점〉

저 애

점은

눈물 점.

찻길

술 가게로
가는 길에,

제비가
셋이서
속닥거렸다.

오늘 밤
달
푸르스름하기도 하지.

〈소인의 지옥〉
"대지옥이다
소지옥이다"

널따란 밭
한가운데에서
소인이 흑흑
울고 있다.

왜 우느냐고
물으니,
발바닥 밑이

불타올라.

층층 계단밭의
대낮,
연기도 안 오르는
파란 하늘.

팔짝대는 소인을
안아올라,
발바닥 밑을
유심히 보니,

새빨간, 새빨간,
콩 꽃,
그래도 소인은
흐느껴울며,

"대지옥이다
소지옥이다"

〈까마귀의 편지〉
산까마귀가
가져온

빨갛고 작은
편지주머니.

열어 읽어보니
"달밤에
산이 불타 총총
무서워 총총"

답장을 쓰려고
일어나보니
이런, 단풍
잎 하나.

　사이죠 야소의 동요도 그 첫 동요집에서 5편을 뽑아 보았다. 사이
죠 야소의 특징이기도 한 상징성이 강한 시와 자연계의 시선이 들어 있
는 시를 의식하여 선별하였다. 후자에 속하는 동요로, 〈눈물 점〉은 술
가게로 가는 인간계의 아이의 모습이 제비들의 시선을 통해 보여진다.
"오늘 밤/ 달/ 푸르스름하기도 하지."라고 하는 마지막 연을 통해 냉철
하리만치 차분한 모습을 보여 주는가 하면, 아이의 아픔이나 슬픔을
'눈물 점'으로 표현하며 얘기를 나누는 제비들의 모습에서, 외톨이나
혼자가 아닌 그 누군가가 아이를 지켜봐 주고 있다고 하는 자연계의
또 다른 이면을 엿볼 수 있다.

3) 노구치 우죠의 동요

〈보름날밤 달님〉

보름날밤 달님

멋진 달님

할멈은 그만두었습니다.

보름날밤 달님

여동생은

시골로 남의 집 살이를 떠났습니다.

보름날밤 달님 엄마를

다시 한 번

나는 만나고 싶어요.

〈산 여우〉

한쪽 부모 없는 아이는

문 앞에서 울고

양쪽 부모 없는 아이는

집 뒤에서 운다.

참새는 문 앞에서 울고

집 뒤에서 운다.

여우는 들에서 울고

산에서 운다.

문에서 울어라 문에서 울어

내일 밤에는

산에서 울던 여우가

집 뒤로 온다구.

집 뒤에서 울어라 집 뒤에서 울어

내일 아침에는

산에서 울던 여우가

문 앞으로 온다구.

〈굴뚝새〉

삐릿 삐릿

우는

굴뚝새.

밭에

빨간소

서있다.

비가 주룩주룩

좍좍

내렸다.

우산

씌워줄게

이쪽으로 와.

〈4번지의 개〉

1번지 아이

뛰어라 뛰어서 돌아가라.

2번지의 아이

울며 울며 달아났다.

4번지의 개는

키다리개다.

3번지 모퉁이에서

이쪽을 보고 있었다구.

〈닭〉

병아리 엄마

닭이

닭장수에 팔려
갔습니다.

살을 에는 듯한
추위 속을
병아리와 헤어져
떠났습니다.

병아리와 헤어진
암탉
닭집에서 쓸쓸하게
살겠지요.

〈참새네 집〉
참새네 집은
어디일까요.

참새에게 물어봐도
안 가르쳐줘요.

아기 참새를 달래서
물어봐요.

학교 뒤 조릿대덤불이

우리 집이라고

말했습니다.[10]

　노구치 우죠의 동요는 6편을 골랐는데, 번역해 놓고 읽어 보니 다들 왠지 슬픈 정감이 느껴지는 동요와 자연계와의 친화가 담겨 있는 시들이다. 노구치 우죠의 대표작이라고도 할 수 있는 〈보름날밤 달님〉이 특히 그러한데, 보름달을 보며 자신이 처한 감당하기 힘든 슬픔을 고백하는 아이의 마음이 참으로 애잔하다. 자연계와의 친화를 다룬 〈굴뚝새〉와 〈닭〉에도 이런 애잔함이 담겨있는데, 마지막으로 소개한 〈참새네 집〉은 애잔함이나 슬픔보다는 순수하면서도 소박하고 나름의 유머러스함이 느껴지는 그런 시가 아닐까 싶다. 엄마 참새는 절대로 집을 가르쳐주지 않는데, 아기 참새는 달랬더니 가르쳐주었다 하니.

　이렇게 일본 근대 동요계의 대표 3인방 시인들의 첫 시집에서 간략하게나마 몇 개의 시들을 소개해 보았다.

---

10 이상과 같은 동요는 『잠자리의 눈동자(トンボの眼玉)』(기타하라 하쿠슈), 『앵무새와 시계(鸚鵡と時計)』(사이죠 야소), 『보름날밤 달님(十五夜のお月さん)』(노구치 우죠)의 첫 번째 동요집에서 각각 필자가 골라서 옮긴 것이다.

2장
짧지만 아름다운 여류시인의 삶과 동요

1. 가네코 미스즈의 생애

이 글에서 소개할 가네코 미스즈金子みすゞ, 1903~1930는 당시 잡지를 중심으로 활약한 투고 시인 중 한 명이다. 기타하라 하쿠슈 등의 세 시인을 동요의 1세대로 한다면 가네코 미스즈는 그들의 영향을 받아 1920년대 중반을 전후로 등장한 2세대에 해당한다.

가네코 미스즈는 고등여학교를 졸업 후, 친척이 경영하는 서점에서 점원 일을 하며 스무 살경부터 『아까이 토리』나 『동화』에 동요를 발표하였는데 특히 사이죠 야소가 추천을 담당한 『동화』에 주로 투고하였다. 1926년에 간행된 동요시인회에서 편집한 동요집에 기타하라 하쿠슈, 노구치 우죠, 다케히사 유메지와 함께 나란히 동요가 선별될 정도였다고 한다.[1] 또한 잡지 투고란으로 주목을 받은 참신한 시풍은 당시 시인 지망생들로부터 선망의 대상이 되기도 했다.[2]

하지만 뜻하지 않은 결혼으로 인한 불행 속에서도 딸을 두게 되지만, 남편과의 불화, 지병으로 인한 삶에 대한 불안 속에서 고민하다 26세라고 하는 젊은 나이에 스스로 목숨을 끊게 된다. 기존의 봉건정신과 새로운 기운이 혼재한 1920년대를 미스즈는 여성으로서, 시인으로서 헤쳐나가려 하지만 그 독특한 감성으로 인해 시대의 부조리에 더 민감하게 반응하였는지도 모른다. 사이죠 야소는 그녀의 사후 그녀와의

---

1 「よみがえる幻の同様詩人 大正時代の "若き巨星" 金子みすゞ」, 『金子みすゞ』, 文藝別冊, 2000년 1월, 158쪽; 川崎洋, 「大漁とともらい」, 같은 책, 86쪽 참조.

2 本田和子, 「発掘される '不遇の才媛' 金子みすゞ と尾崎翠、'同一視へのあやかし'」, 같은 책, 160쪽.

추억 등을 글로 발표하며 가네코 미스즈의 죽음을 안타까워한다. 사이죠 야소는 "그녀는 실로 일본 여성으로서는 드문 상상력의 비약을 지니고 있었다."라고 동요 시인으로서의 미스즈를 평가하며, 미스즈를 대면한 후의 인상에 대해서 "작품에서는 영국의 크리스티나 로젯티 여사에 버금가는 화사한 환상을 보여 준 이 젊은 여류 시인의 첫인상은 흔히 볼 수 있는 뒷골목 상점가의 아낙네 같았다. 하지만 그녀의 용모는 단아하고 그 눈은 흑요석처럼 깊게 반짝였다."[3]라고 회상한다.

2. 가네코 미스즈의 동요집 『아름다운 마을』

미스즈는 자필로 직접 쓴 세 편의 유고 시집을 남겼다.[4] 그중 『아름다운 마을美しい町』은 1923년에서 24년경까지 집필된 것으로 172편의 동요가 실려 있다. 그중에 몇 편을 중심으로 미스즈 동요의 특징을 살펴본다.

먼저 〈물고기〉란 시를 보자. 미스즈가 태어난 곳은 바닷가가 인접한 곳이다. 따라서 그녀의 시에는 바다에 관한 시가 여러 편 된다. 바닷

---

3 西條八十,「下ノ関の一夜」, 같은 책, 142쪽.

4 미스즈 살아생전에는 그녀의 동요집이 간행된 것이 없다. 미발표 원고를 포함한 자필 원고로 작성된 세 편의 유고집 노트가 그녀의 남동생에게 보내져 보관되어 있던 것을, 후에 그녀의 동요를 대학에서 공부하던 중 알게 되어 감명을 받은 시인 야자키 세츠오(矢崎節夫)의 16년에 걸친 조사에 의해 1980년대 일본에서 새롭게 발굴되고 재조명되어 시집이 출판되었다. 矢崎節夫,『金子みすゞ』, JULA出版局, 1984년 8월.

가에서 물고기는 어부에게 있어 생계의 수단이며 귀한 먹거리이다. 하지만 이런 물고기가 미스즈에게는 철학적 의문의 대상이 된다. 첫 행부터 시작되는 '바닷물고기는 불쌍하다.'라는 문구로 감상적인 시를 상상할지 모르나, 시적 어조는 지극히 차분하면서도 어딘가 초연한 관조의 자세를 담고 있다.

〈물고기〉
바닷물고기는 불쌍하다.

쌀은 사람이 만들고
소는 목장에서 자라고
잉어도 연못에서 먹이를 받아먹는다.

하지만 바닷물고기는
누구에게도 보살핌을 받지 않고,
장난도 안 치는데,
이렇게 나한테 먹힌다.

정말이지 물고기는 불쌍하다.[5]

'이렇게 나한테 먹힌다.'에서 왠지 물고기의 모습이 미스즈의 모습

---

5 金子みすゞ, 『美しい町 新装版金子みすゞ全集·Ⅰ』, JULA出版局, 1984년 8월. 이하 아래 인용한 시는 이 전집 1권에서 필자가 선별하여 번역한 것이다.

과 중첩되기도 하는데, 이러한 자연계에 대한 차분하면서도 진지한 관조는 아래의 〈참새 엄마〉에서도 목격할 수 있다. 참새를 붙잡아 좋아하는 아이와 그 아이 엄마가 기뻐하는 모습과 더불어, 지붕에서 그 모습을 바라보는 참새 엄마의 시선은, 지극히 차분하고 초연하기에 그것을 읽는 독자에게 알 수 없는 슬픔과 더불어 지구를 영위해 가는 자연계에 대해서 생각하게 하는 확장을 가져다준다.

〈참새 엄마〉

아이가
참새를
붙잡았다.

그 아이의
엄마는
웃었다.

참새
엄마는
그걸 보았다.

지붕 위에서
울지도 않고
그걸 보았다.

이런 동물들의 초연한 자세는 그녀의 중요한 시적 모티프가 된다. 아래의 〈닭〉 또한 같은 연속선상에서 생각해 볼 수 있는 시다.

〈닭〉

나이든 닭이
거친 밭에 서있다.

헤어진 병아리는, 어찌됐을까.
밭에 서서, 생각 중이다.

풀이 무성한 밭에는
파송이가 서너 개.

지저분한 하얀 닭은
거친 밭에 서있다.

이들 시를 통해 자신이 지금 처한 상황을 받아들이는 것 같으면서도 그것을 넘고 일어서려고 하는 생명력을 감지하게 된다. 인간의 시선과 동물의 시선이라고 하는 두 가지 시점은 아래 〈대어〉에 극명하게 나타난다. 정어리가 대량으로 잡힌 날, 기뻐하는 인간 세상의 지극히 자연스런 모습과 더불어, 수만 마리의 장례식이 펼쳐질 바닷속 풍경에 대한 상상력은 자연계를 아우르는 시점을 보여 준다.

〈대어〉
아침 놀 작은 놀.
대어다.
큰지느러미 정어리의
대어다.

부두는 축제같이
떠들썩거렸지만
바다 속에서는
몇 만
정어리의 장례식을
치룰까.

미스즈는 동식물에 대한 감정의 공유, 환상, 상상의 세계뿐만이 아
닌 인간의 실생활에서 아이가 겪는 미묘한 감정의 변화와 슬픔과 의
구심 등을 자연물과의 대비를 통해서 보여 주기도 한다. 아래 〈울보〉
는 야단을 맞고 집을 나와 학교 벚나무 아래에서 울고 있는 아이와 벌
레의 모습을 대비하며 아이의 심적 변화를 섬세하게 표현하고 있다.

〈울보〉
"울보 벌레, 쐐기 벌레
집어서 버려라."

누군가가 어디선가 말하는 것 같아.

살그머니 주위를 둘러보니
푸른 벚나무 잎사귀 그늘에
쐐기 벌레가 한 마리 있을 뿐.

회선탑 그림자를 드리우는
운동장은 넓기도 하다.

저쪽 교실에서 나는 오르간 소리
조용히 들려온다.

이제사 집에는 못 들어가
벚나무 잎사귀를 잡아 떼어낸다.

또한 다음의 〈작은 의심〉은 오빠와 싸움을 하여 자신만 야단을 맞은 것에 대한 울적한 마음을, 자신의 진짜 집은 어디일까 하고 아이라면 누구나 한번쯤은 생각해 봤을 의문을 〈작은 의심〉이라는 제목과 어울리게 소박하게 그리고 있다.

〈작은 의심〉
나만 혼자
야단맞았다.

여자애가, 라며
야단맞았다.

오빠만
진짜 아이이고,
나는 어딘가의
집 없는 아이.

진짜 집은
어디일까?

이처럼 아이들의 흔들리는 마음을 절묘하게 표현하는 기법은 타자와
의 관계를 통해서 그려지기도 한다. 아래 〈할머니의 이야기〉가 그렇다.

〈할머니의 이야기〉

할머니는 그 후론 얘기를 해주지 않는다.
그 이야기를 난 좋아하는데.

"그 얘긴 해 주셨어요."라고 말했을 때.
아주 쓸쓸한 얼굴 하셨었지.

할머니 눈동자 속에는, 풀산[6]의
찔레꽃이 들어 있다.

그 이야기를 듣고 싶어라,
만약 들려준다면,
다섯 번이건, 열 번이건 얌전히,
가만히 듣고 있겠는걸.

위 시는 아이의 정직성, 이야기 좋아하는 아이의 특성, 할머니를 배려하는 마음의 발아 등, 아이들 고유의 특성에 대해 생각해 보게 하는데, 아이의 미안해 하는 마음과 할머니의 자존심이 묘한 울림을 준다. 인간들의 삶과 대비하여 표현된 동식물에 대한 공감은 때론 같은 아이 친구들에 대한 마음씀씀이 속에서 표현되기도 한다. 아래 〈잘린 돌〉이 그 경우다.

〈잘린 돌〉
돌집 석공이 자른
깎인 돌
튕겨져 길거리
웅덩이로.

---

6 풀이 무성한 낮은 산을 가리킨다.

학교로 돌아가는
왼쪽 편
맨발 아이야
조심해.

잘린 돌이
화났어.

그런가 하면 자연과의 친화를 소재로 천진난만한 모습을 보여 주기
도 하는데 아래 두 편의 시가 그렇다.

〈오디〉
푸른 뽕잎
먹고

누에는 하얗게
되었습니다.

빨간 오디
먹고는

나는 검게
익어갑니다.

〈싸락눈〉

싸락 싸락

싸락눈

새하얗다.

뾰족뾰족 소나무에

내려앉아

초록빛으로 물들어라.

마지막으로 〈바다로〉를 보자. 바다는 할아버지와 아버지, 그리고 형의 목숨을 앗아간 곳이다. 하지만 〈바다로〉의 화자는 그런 바다의 차가운 이면을 알고 있으면서도 짐짓 모르는 척, 마치 천진난만하게 바다를 동경한다. 위에서 본 〈참새 엄마〉나 〈닭〉의 모습처럼 내 앞에 놓인 삶에서 도망을 치는 것이 아닌, 그와 맞서 살아가고자 하는 모습이 느껴진다.

〈바다로〉

할아버지도 바다로,

아버지도 바다로,

형도 바다로,

모두가 모두 바다로.

바다 저편은

좋은 곳.

모두 거기로 떠난 채

돌아오지 않는 걸.

나도 하루 빨리

어른이 되어,

역시나 바다로,

떠날 거야.

3장

삶을 직시하는 프롤레타리아 동요집

1. 마키모토 구스로의 『붉은 깃발』

일본에서 프롤레타리아 아동문학의 시작은 1926년부터라고 알려져 있다.

마키모토 구스로槙本楠郎, 1898~1956는 일본의 대표적인 프롤레타리아 아동문학가이다. 마키모토 구스로의 『붉은 깃발赤い旗』은 1930년 5월 5일에 발행되었다. 프롤레타리아 시인으로서의 첫 번째 시집에 해당한다. 마키모토의 시는 전체 35편이 실려 있고, 그중 한 편이 한글로 번역[1]되어 있다. 그럼 먼저 표제작을 포함한 선동성이 강조된 두 편의 시를 읽어본다.

〈붉은 깃발〉

일어나라

일어나라

모여라, 어린이들이여

우리들의 깃발은

우리들이 지키자.

펄럭여라

휘날려라

X은 깃발.[2]

---

1 마키모토의 동요 〈コンコン小雪〉가 임화 번역으로 〈쌀악눈〉이란 제목으로 실려 있다.
2 원문 그대로 옮긴 것이다.

전진하라

전진하라

손을 잡아라, 어린이들이여

우리들의 길은

우리들이 열어가자.

퍼져라

물결쳐라

X은 깃발.

⟨메이데이 놀이⟩

한 명 오너라

두 명 오너라

모두모두 오너라.

나가야³ 아이들은

모두 나와라.

우리들은 배고프다

손을 잡고

시내 한복판을 행진하자.

---

3 판잣집처럼 따닥따닥 벽을 붙여 만든 가난한 집을 가리킨다.

메이데이 놀이다

집결이다.

두려워 마

흔들리지 마

전진이다.

동요집 중에서 특히 위 두 편이 선전, 선동성이 강한 시다. 그 외의
시는 동식물 및 자연물에 비유하거나 옛이야기의 소재를 빌려 자본가
를 풍자한 시, 아이들의 생활과 놀이를 소재로 한 시 등이다. 전체적으
로 리듬을 살려 기존의 동요조를 의식한 시가 대부분이다. 마키모토
는 머리말에 다음과 같은 각오의 글을 남기고 있다.

〈프롤레타리아 소년소녀에게〉

가난한 아이들이여.

아저씨는 여러분들이 너무나 사랑스럽다. 이 책은 여러분들이 읽고, 노
래를 부를 수 있도록 쓰여졌단다. 부잣집 아이들 따위는 안 읽어도 괜
찮다.

아저씨는 여러분의 아버지 어머니와 마찬가지로 가난하단다. 그리고
여러분 같은 건강하고 사랑스런 자식이 있다. 작년에는 6살 되는 스미
레라고 하는 여자아이를 떠나보냈다. 그것은 이 아저씨가 가난하기 때
문에 부잣집 아이들처럼 잘 보살펴주지 못해서다. 하지만 아저씨에게
는 아직 2명의 아이가 있단다. 만일 이 두 아이가 죽더라도 아저씨는

결코 침통해 하지 않을 것이다. 그것은 건강한 여러분이 많이 있기 때문이다. 그만큼 아저씨는 여러분을 내 아이처럼 여긴다.

제목이 〈프롤레타리아 소년소녀에게〉라고 되어 있는 것에서 알 수 있는 것처럼 가난한 소년소녀에게 띄우는 위 머리말은 프롤레타리아 동요 시인으로서, 마키모토 구스로의 결의가 대단하다. 자신의 실제 아이가 죽더라도 슬퍼하지 않으리라고 하는 각오는 아무나 못할 것이다. 하지만 마키모토 구스로는 자신의 첫 동요집에서 이처럼 표명하고 있다. 이런 머리말에서 알 수 있듯이 1930년대 전후의 프롤레타리아 시인들의 투철한 사명감은 실로 상상을 초월한다. 또한 이러한 자세에서 자본가(부자) 대 빈민은 곧 악과 선이라고 하는 이분법 구조를 띠고 있음을 알 수 있다. 어찌 보면 단순하리만치 극명한 대립구조 안에서 마키모토 구스로는 시 작업을 하는데, 아래에 자본가를 풍자한 시 한 편을 더 살펴본다.

〈사탕 초코 부르주아〉
사탕가게 아저씨
후후 불면

눈 깜짝할 새에 부풀어
왕문어 뭉게구름.

아니아니 너구리를

똑 닮은 영감

이 놈, 정말
나쁜 놈이다.

엉덩이의 대나무를
후후 불면

눈 깜짝할 새에 부풀어
커다란 배.

사탕 초코 부르주아
커다란 배.

후후 불면
어, 어, 뻥.

〈귀신아〉

떼굴떼굴 이 녀석은
누구지?

톡톡 치면 쑤욱
머리가 나오고

통통한 손이 나왔다.

발이 나왔다.

불룩한 배는

맥주 통.

이 녀석 뭐 먹었지?

뭐 핥았지?

전설의 차가마[4]인가?

귀신아

까딱 잘못해도 옆으로

못 다가가.

아이고 큰일 날 뻔했다.

뭘까? −부자−

위의 〈귀신아〉란 시에서 귀신은 곧 부자를 가리킨다. 이러한 자본
가와 빈민의 이분법 구조는 마키모토와 동시대를 산 다른 프롤레타리
아 동요에서도 목격할 수 있다.

---

4 너구리가 변신하여 된 차가마. 끊임없이 차가 나왔다고 한다.

2. 프롤레타리아 동요집 『작은 동지』

『작은 동지小さい同志』는 1931년 7월 25일에 간행되었다. 마키모토 구스로의 프롤레타리아 첫 동요집 『붉은 깃발』이 간행된 후로 1년 뒤다. 『작은 동지』에는 총 9명 시인의 동요 47편이 들어 있다. 마키모토 구스로는 이 시집의 편자로 작품을 고르고 엮었다. 마키모토의 시는 총 9편이 실려 있는데 6편은 개인동요집인 『붉은 깃발』에서 가져왔고, 3편은 새롭게 썼다. 그럼 먼저 마키모토 구스로가 쓴 머리말과, 그중 표지 제목이기도 한 〈작은 동지〉를 보도록 하자.

작은 동지 여러분!

아저씨들은 오늘 여러분에게 이 동요 책을 선사한다.

아저씨들은 사랑스런 여러분들을 위하여 좋은 동요 책을 내기 위하여 오래전부터 고민해 왔다. 그러던 것이 드디어 이번에 이루어져 이렇게 책이 된 것이란다. 지금까지는 이도저도 다 부잣집 아이들 동요책뿐이라 정말이지 너희들이 설 곳이 없었으리라. 하지만 이제부터는 괜찮단다.

너희들의 동요는 부잣집 아이들의 동요와는 전혀 다르단다. 부잣집 아이들이 예쁜 옷을 입고 커다란 피아노 앞에서 달짝지근한 노래를 부를 때, 너희들은 누추한 옷에 배를 굶주린 채, 들판이나 길거리에서 많은 친구들과 함께 부른단다. 너희들은 부잣집 아이들처럼 기름진 음식을 맘껏 먹고 초콜릿이나 캬라멜을 빨며 라디오에 맞춰 동요를 부를 필요는 없다. 너희들의 아버지 어머니는 우리들 아저씨처럼 가난하다. 또한 너희들도 마찬가지로 배를 굶주리고 추위에 떨고 있다. 하지만 그 속에서 너희들은 너희들의 동요를 힘차게 불러야만 한다.

이 책은 그런 너희들이 부를 수 있도록 아저씨들이 일부러 쓴 거란다. 아저씨들은 너희들이 씩씩하게 자라나길 항상 바란단다. 아저씨들의 이런 바람을 이 책의 동요를 잘 읽고, 잘 불러주면 그걸로 자연스럽게 너희들도 알게 되겠지. (…)

〈작은 동지〉

모여라, 모여. 세계의 작은 동지여.

세계의 어린이들이여, 서로 손을 잡자.

우리들은 X깃발,[5] 프롤레타리아.

탓탓타, 탓탓타

탓타라탓타라, 탓타라

준비 됐니?

지켜라 깃발을!

나아가라, 나아가. 세계의 작은 동지여.

세계의 어린이들이여, 공격하여 물리치자.

우리들은 X깃발, 프롤레타리아.

탓탓타, 탓탓타

탓타라탓타라, 탓타라

두려워하지마, 흔들리지마.

---

5 원문 그대로 옮긴 것이다.

모두 전진이다!

머리말을 읽어봐도 1년 전의 마키모토 구스로의 주의, 주장, 선전, 선동이 훨씬 강해졌음을 짐작할 수 있다. 마키모토의 〈작은 동지〉는 1년 전의 『붉은 깃발』에 실린 〈메이데이 놀이〉와 비슷한 시이기는 하지만, 훨씬 전투성이 강화되었다. 이러한 성향은 『작은 동지』에 실린 다른 8명의 시인 또한 마찬가지이다.

〈한 동지〉

오카 가즈타岡 一太

소는 소떼로
우리들은 우리들
  한 동지는
  잘 안다

두터운 손바닥
이 손바닥은
  망치를 움켜쥘 손이다.
  잘 안다

나도 소작농이다
공장 동지

하나로 꽉

손을 잡아라

〈내 팔뚝〉

가와사키 타이지川崎 大治

내 팔뚝은

빼빼하다.

이 팔로 투사가

될 수 있을까.

팔뚝이여 우두둑

굵어져라.

우두둑우두둑

커져라.

러XX[6]에 간

형아의

원수를 갚는 거다.

강해져라.

---

6 원문 그대로 옮긴 것이다.

〈아빠 얼굴〉

오다 간織田 顔

울툭불툭 뼈의
아빠 얼굴
보면 볼수록
퉁퉁해지는
부잣집놈이
미워진다.

〈싸움〉

다케다 아코武田 亜公

××하고[7] 싸움이다. 얼른 서둘러.
자 가자, 어서 가자
서둘러 가자.
쌀벌레, 돈벌레, 졸라대는 벌레
지주 아들이다. 잘난척하는 벌레다.
이 길, 저 길
막아버려라.

7　원문 그대로 옮긴 것이다.

지지마, 멈추지마, 해치워라

빼빼해도, 말라도, 농부 아이.

나가라, 차버려라,

짓밟아라.

××하고 싸움이다. 밀어붙여라

자 가자, 어서 가자

서둘러 가자.

자본가나 지주에 대한 미움이 격화되어 있음을 알 수 있다. 이 동요
집 말미에 적힌 편자의 글을 보면 실제로 이들 시인 중에 한 명은 사건
에 연루되어 행방불명이 되고, 한 명은 감옥에 붙들려 있음을 알 수
있다. 이들 동요에서 문학성 및 여유를 느낄 수 없는 이유는 이러한 당
대 처해진 현실 때문이기도 하리라.

4장

작은 시인들의 문학,
아동자유시와 아동생활시

1. 기타하라 하쿠슈와 아동자유시自由詩 교육

스즈키 미에키치가 창간한 아동문예잡지 『아까이 토리』는 창간 초기부터 아동독자들의 작품을 적극적으로 모집하고 게재하였다.

이 잡지에서 동요 부분의 감수와 지도를 전담한 이가 바로 시인 기타하라 하쿠슈인데, 그가 표방한 '아동자유시'는 서정성과 감성, 자연을 관조하는 면이 강조되었다.

기타하라 하쿠슈는 "어린이는 본래 시인입니다. (…) 그러한 유아들은 결코 산문적 발상을 하지 않습니다. 그들은 모든 것에서 시를 보는 것과 마찬가지로 모든 감동을, 시의 리듬을 지니고 외칩니다."[1]라며 어린이 특유의 시적인 감성과 그 특성에 대해 말하고 있다.

이처럼 초창기 일본 어린이들의 시를 가리키는 '아동자유시'는 기타하라 하쿠슈에 의해 제창되고 지도되어 1920년대 전후 아동예술 운동의 일환으로써 초·중학교 일선 교사들에게 많은 영향을 끼친 것[2]으로 인식되고 있다.

아동자유시 교육은 그 후 교사들의 호응을 이끌어 내며 1920년대 후반 무렵까지 비약적으로 성장해 가지만, 20년대 중후반에 대두되는 프롤레타리아 아동문학의 영향을 받으며 실제 현 생활을 노래하는 시의 형태로 변화를 보인다. 33년 무렵부터는 '아동생활시'로 새롭게

---

1 北原白秋, 「児童自由詩鑑賞」, 『緑の触角』, 改造社, 1929년 3월 3일, 106~107쪽.

2 百田宗治, 「『赤い鳥』児童児童自由詩の概観」, 『日本児童詩集成』, 河出書房, 1956년 8월 31일, 7쪽.

모습을 바꿔 발전해 가게 된다.[3]

이 글에서는 1920년대에 일본 아이들이 직접 쓴 아동자유시와 1930년대로 대표되는 아동생활시 몇 편을 소개한다.

2. 아동자유시 몇 편

〈날 저무는 마을〉

살랑살랑 바람도 안 불고

조용히 마을이 어두워간다.

아래쪽으로 불빛이

쓸쓸하게

하나 홀로

반짝인다.[4]

〈차가운 공기〉

부뚜막을

지피고 있는 뒤에서

---

3 畑中圭一, 「北原白秋大正自由教育の光芒」, 『芸術自由教育 別巻』, 久山社, 1993년 5월 10일, 46쪽.

4 여기서 인용한 시는 모두 百田宗治 編, 『日本児童詩集成』에서 가져왔다. 이 책에는 학년, 이름, 학교, 지역, 게재지가 쓰여져 있으나 여기에서는 생략한다.

차가운 바람이 들어온다.

차가운 공기를

부뚜막에 넣고 지펴라.

〈석양〉

닭장 속으로

석양이

비추어

달걀 속까지

빨갛게 비추었다.

석양이 질 때까지

빨간 달걀.

〈밭〉

저녁놀에

참새 날개가 반짝거리며 난다.

밭의 시금치 뿌리가

빨갛게 보인다.

〈파란 겨울 하늘〉

무심코 손을 들어올렸다.

손가락 끝의

파란 하늘.

이들 어린이가 쓴 시들은 『아까이 토리』 시기의 '아동자유시'의 특성 즉 서정성, 자연을 관조하는 듯한 면이 잘 드러난 어린이 시로 볼 수 있겠다. 이 시기 '아동자유시'의 특징에 대해 모모타 소우지百田宗治는 "아까이 토리 시기의 대표적인 작풍의 하나가 주로 사생적인 자연 관찰을 바탕으로 한 아동 감각의 기분·정조화, 그 일종의 간결한 하이쿠적인 형상화로 나타났다. (…) 다음으로 그러한 관찰적·사생적 단순한 감각 표현에서 한발 나아가 더욱더 내면적·관조적인 일종의 서정시적 작풍이 일반화되어 왔다."[5]라고 지적하고 있다.

1930년대 이후 아동 본연의 생활이 드러난 '아동생활시'로 전개되어갈 때, 이러한 『아까이 토리』적인 특성은 위 마지막에 소개한 어린이 시 〈파란 겨울 하늘〉을 구체적인 예로, "이러한 어른스런 감상은 어린이의 건강한 감성을 키우는 데 도움이 되지 않는다. 이들 시는 일상적인 아이다운 생활 감정을 키우기 위한 시 행동이 아니다."[6]라며 비판의 대상이 되었다. 하지만 지금의 나는 어른의 입장에서 보아서 그런지 아동생활시 관점에서 비판의 대상이 된 〈파란 겨울 하늘〉이란 아동자유시가 그리 싫지 않다. 무심코 손을 내밀어 손가락으로 만지고 싶을 정도로 맑고 파란 겨울 하늘 체험을 나 스스로도 한 적이 있어서 그런지도 모르겠다. 이러한 관점에서 나는 차가운 공기까지 아궁이 속에 넣고 불을 지피려고 하는 감각이나(〈차가운 공기〉), 저녁놀에 빨갛게 빛나는 달걀(〈석양〉)이나 시금치 뿌리의 묘사(〈밭〉)가 좋다.

---

5 百田宗治, 앞의 책, 19쪽.

6 吉田瑞穂, 「生活詩時代を中心として」, 『日本児童詩集成』, 河出書房, 1956년 8월 31일, 296쪽.

그럼 이어서 동물을 대상으로 쓰여진 이 시기의 어린이 시를 몇 편
더 보도록 하자.

〈닭〉

우리 집 닭은 귀엽다.

암탉은 달걀을 따뜻하게 품고,

수탉은 시간을 잰다.

〈소〉

소, 더 울어라,

서쪽 산이,

구멍이 날 때까지 울어라.

뒤에 오는 '아동생활시' 관점에서 보았을 때 이러한 동물을 주제로
한 시 또한 어김없이 비판의 대상이 되었다. "아까이 토리 시기의 자연시
는 자연이나 동물을 소재로 하더라도 사생적으로 치우치고, 평면적·감
각적인 대상으로 바라보았다. 따라서 개성을 통한 생활의 표출이 부족
했다."란 지적이 그것이다. 지금 인용한 시들은 전문가가 편집한『일본
아동시집성日本児童詩集成』이란 데서 가져왔기 때문에 선별된 시들로 볼 수
있다. 하지만 위의 〈닭〉이란 시는 역시 개성 있는 아이의 시선이 부족해
보인다. 하지만 〈소〉라는 시는 우는 소를 보고 그래 울려면 '구멍이 날

---

7 위의 책, 300쪽.

때까지 울어라.'라는 근성이 나는 마음에 든다. 이 시에서는 '동물(가축)'
들과 함께 생활하며 그 속에서 자신 또한 동물적 속성을 그대로 드러내
는데, 이 시기의 '깡다구 있는' 아이의 감성이 느껴진다.

이렇게 된 바에 이어서 내 마음에 드는 '아동자유시' 한 편을 더 소
개 한다.

〈따사로운 날〉

따사로운 햇살이 광 문을 비춘다.

문에 기대고 있으니,

저절로 웃음이 나왔다.

시골에서 좀 추운 날 마당을 어슬렁거리면 꼭 화장실 담벼락이나
곳간(광) 주변으로 볕이 잘 든다. 그래서 식구들이 한 명씩 햇살을 쬐
러 그곳에 몰려드는데, 일본도 마찬가지인가 보다.

3. 아동생활시 수 편

이어서 '아동생활시' 시기의 어린이 시를 몇 편 보고 넘어가도록 하
자. 이 시기의 특성은 어린이 시를 가리키는 용어가 1920년대의 '아동
자유시'에서 '아동생활시'로 바뀐 것에서 알 수 있듯이, 있는 그대로

의 어린이 생활이 강조되었다. 이 시기의 특성을 살피면, "아까이 토리 시기의 소재 방향은 생활적이지 못한 것, 예를 들면 풀 나무, 곤충, 새, 꽃, 구름 등이 많았다. 하지만 생활시 시기에 들어서서는 어린이의 눈을 생활 그 자체로 돌리도록 하였다. 즉 1학년이라도 아이의 집이 농가이면 생산과 관련된 곳에서 소재를 취하도록 하였다. (…) 동물이나 자연에 취재하고 있어도 개성적인 반응에 의해 대상을 파악하고 있는 점이 생활시의 특색이다."[8]

그럼 실제로 어린이 시 작품들을 보도록 하자.

〈새참 먹을 때〉

날씨가 좋았는데,

하늘이 어두워졌다.

그러고 나서

비가 주루룩 내렸다.

다시 구름이

맑아진 것처럼 되었다.

그때 새참을 먹었다.

〈병〉

아파서 누워있었다.

빗방울이,

---

8 위의 책, 298~301쪽.

하나, 둘, 셋, 넷

톡, 톡, 톡

조용히 떨어진다.

점점 어두워졌다.

다시

밤이 된다.

〈아버지〉

아버지가 날 저물 무렵에

생선을 팔러 나갔다.

파도소리,

철썩거려,

잘 수가 없었다.

〈추운 아침〉

가위가

번쩍거립니다,

오늘 아침은 추워서

마사코가 울었습니다.

〈아기〉

우리 아기,

부드럽게 웃는다.

내가 다가가면,

생긋 웃는다.

나는 살며시

볼에 댄다.

부드러운 볼이다.

〈말 팔기〉

일요일에,

아침부터,

아버지가 말을 팔러 나가셨다.

말은 멀리 멀리 가버렸기 때문에,

더 이상 데리고 오려 해도 갈 수 없다.

나는 괴롭다.

그래도 말을 팔면 돈이 많이 된다.

장화를 사 주면 좋을 텐데.

〈보리밭〉

보리가 가득 자라났네.

풀 잎사귀도 나왔다.

띠도 무성해졌네.

오디도 열리고,

오디 나뭇잎이 새파래.

아마 필경

미꾸라지도 나왔겠지.

〈돈〉
정월,
돈을 1전 밖에 못 받는다.
10전 정도 받아,
지갑에 넣고,
쨍그랑쨍그랑 소리를 내며
뭔가 사고 싶다.

이 1전을 써버리면,
동전은 1전도 없어진다.

10전이면
1전을 써도 9전이 있다.
10전 정도 주면 좋을 텐데.

　위 시를 보면 자연에 대한 관조보다는 아기나, 아버지나, 동생 등 인
물을 소재로 한 것이 눈에 띈다. 또한 〈말 팔기〉나 〈돈〉을 보면 현 시
대를 살아가는, 또는 현실이라는 사회 속 구성원 중 한 명인 아이의 모
습(욕망)이 투영되어 있다. 〈돈〉의 경우는 그 간절함이 너무 솔직해서
다 읽고나면 '씨익' 웃음이 나온다.
　그런가 하면 〈새참 먹을 때〉나 〈추운 아침〉처럼 끊임없이 변화하는

살아 있는 자연 속에서 생존해 가는 인간의 모습이 '쿨'하게 직시되며, 자연인으로서의 아이들의 모습을 목격할 수 있어 또한 흥미롭다. 그리고 〈병〉이나 〈아기〉 같은 시는 '아동생활시' 관점에서 보았을 때 『아까이 토리』 때의 '아동자유시'적 발상이라고 비판의 대상이 되는 것은 아닌가 하는 우려도 생긴다. 하지만 나는 아파 누워 있는 아이가 날이 기울고 밤이 될 때까지 빗방울을 바라보며 자신의 '병'과 대면하고 있는 모습이 왠지 고요하면서도 비장미가 느껴져 싫지가 않다(〈병〉). 이는 다 내가 어른의 관점에서 이들 시를 읽고 있어서 그런지도 모르겠다.

나는 책을 읽을 때마다 그 속에서 시대와 인간에 대해 사유하는 것을 좋아한다. 이 책에 담을 글들을 정리하면서 새삼스럽게 나의 그런 성향에 대해 재인식할 수 있었다. 나도 인간이지만 인간에 대해서는 정말이지 알다가도 모르겠다. 그런 인간에 대해 나는 아동문학을 전공했다는 이유로 '어린이'를 중심축에 놓고, 어린이에 대해 말하고, 어린이를 통해 인간에 대해 사유하고자 했다. 아무리 멋지고 훌륭한 어른일지라도 어린 시절을 거치지 않은 어른은 존재하지 않는다. 모두가 다 어린 시절을 체험하고 거쳐 왔다. 그런 의미에서 내게는 어린이 시기를 사유하고 탐구하는 것이 우리 근원에 대해 생각해 보게 하고, 인간에 대한 이해의 폭을 넓혀주는 것 같다.

이 책에 실린 글들을 다시 찬찬히 읽어 보니, 특히 '리얼리티'에 대해 강조하고 있음을 알 수 있었다. 여기서 내가 생각하는 '리얼리티'는 '자각하는 삶으로서의 살아 있음', '다양한 관계 속에서 살아 있는 것'으로 대체할 수 있을 것 같다. 따라서 지금 이 모습이 현실이니까, 현실 그대로 그렸으니까, 리얼한 삶이고 리얼리티가 있는 작품이라고 하는 견해는 내게는 '리얼리티'가 아니다. 그냥 '있음'이다. 있다 보면 그 존재에 수많은 삶의 형태와 현재적인 양태가 반영되기 나름이지만, 문학작품 속에 그 모습이 구현될 때는 이러한 현재성도 뛰어넘는, 근원적인 리얼리티 또한 담아야 한다고 나는 생각한다. 그래야 그 '살아 있음'이 다음 세대, 또 그 다음 세대로까지 이어지는 원동력이 될 것 같다. 하지만 아직도 이 '리얼리티'에 대한 부분은 내게는 숙제로 남아 있다. 앞으로 더 많은 책을 읽고, 삶에서 터득하면서 사유를 이어가고자 한다.

당연한 일이겠지만 이 책에서의 나의 사유는 어린이를 그린 문학작품 덕분이다. 책읽기로 나는 사유에 대한 확장을 즐길 수 있었다. 이런 나의 사유가 타인의 사유와 접목되고 그 어떤 힌트로 작동할 수 있다면 더할 나위 없는 즐거움이겠다.

1. 기본자료

金子みすゞ, 『美しい町　新装版金子みすゞ全集・Ⅰ』, JULA出版局, 1984년.

北原白秋, 『トンボの眼玉』, アルス, 1919년.

나가사키 겐노스케 글, 김호민 그림, 양미화 옮김, 『절뚝이의 염소』, 문학동네, 2006년.

나스 마사모토 글, 이경옥 옮김, 『우리는 바다로』, 보림, 2007년.

――――――――――, 하타 고시로 그림, 양선하 옮김, 『못해도 괜찮아』, 가문비어린이, 2009년.

野口雨情, 『十五夜のお月さん』, 尙文堂, 1921년.

마쯔따니 미요꼬 지음, 쯔까사 오사무 그림, 민영 옮김, 『말하는 나무 의자와 두사람의 이이다』, 창비, 1996년.

槇本楠郎, 『赤い旗』, ほるぷ出版, 1930년.

―――――, 『小さい同志』, ほるぷ出版, 1931년.

百田宗治, 『日本児童詩集成』, 河出書房, 1956년.

미야자와 겐지 지음, 이경옥 옮김, 이광익 그림, 『구스코 부도리의 전기』, 사계절, 2006년.

宮沢賢治, 『注文の多い料理店』, 角川文庫, 1996년.

사소 요코, 이경옥 옮김, 유준재 그림,『화성에 간 내 동생』, 웅진, 2003년.

西条八十,『日本児童文学体系(2)』(『鸚鵡と時計(1921)』), 三一書房, 1955년.

사이토 에미 글, 오승민 그림, 고향옥 옮김,『무너진 교실』, 아이세움, 2009년.

사토 마키코 글, 장연주 그림, 고향옥 옮김,『처음 자전거를 훔친 날』, 웅진주니어, 2007년.

佐藤さとる,『だれも知らない小さな國』, 講談社, 1959년.

사토 사토루, 햇살과 나무꾼 번역,『아무도 모르는 작은 나라』, 논장, 2001년.

야마구치 사토시 글, 김희정 그림, 김정화 옮김,『4일간의 성장 여행 가출 할거야!』, 크레용하우스, 2009년.

야마나카 히사시 글, 고뱌야시 요시 그림,『내가 나인 것』, 햇살과나무꾼 옮김, 사계절, 2003년.

오까 슈우조오 글, 고향옥 옮김, 노석미 그림,『거짓말이 가득』, 창비, 2009년.

오카 슈조 글, 하세가와 슈헤이 그림, 고향옥 옮김,『치에와 가즈오』, 시공주니어, 2009년.

上橋菜穂子,『精靈の守り人』, 偕成社, 1996년.

우오즈미 나오코 글, 이경옥 옮김,『불균형』, 우리교육, 2004년.

_____, 박영미 그림, 이경옥 옮김,『오렌지 소스』, 크레용하우스, 2009년.

_____, 고향옥 옮김, 조성흠 그림, 『에이 바보』, 사계
절, 2010년.

坪田譲治, 「風の中の子共(1936)」, 『坪田譲治童話全集第11巻 お
化けの世界・風の中の子供』, 岩崎書店, 1969년.

하나가타 미쓰루, 고향옥 옮김, 김무연 그림, 『아슬아슬 삼총사』,
사계절, 2005년.

_____, 고향옥 옮김, 이선민 그림, 『용과 함께』, 사계절,
2006년.

하이타니 겐지로 글, 햇살과나무꾼 옮김, 윤정주 그림, 『나는 선
생님이 좋아요』, 양철북, 2002년.

2. 논문 및 단행본 참고자료

『金子みすゞ』, 文藝別冊, 2000년 1월.

『日本児童文学』, 1977년, 10월호.

『宮沢賢治全集10 農民芸術概論 手帳 ノート ほか』, 筑摩書房,
1995년.

「朝日新聞」, 2007년 1월 1일자, 1월 28일자.

加太こうじ, 「童話の形を借りた理想の追求 グスコーブドリの伝記」,
『日本児童文学』, 1968년 2월호.

加太こうじ・上笙一郎編, 『児童文学への招待』, 南北社, 1965년.

川崎洋, 「大漁ととむらい」, 『金子みすゞ』, 文藝別冊, 2000년.

管忠道, 『日本の児童文学』, 大月書店, 1956년.

김경연, 「전쟁을 주제로 한 외국 아동문학의 수용 일본 아동문

학 번역과 수용을 둘러싼 두 논쟁을 중심으로」, 『창비
　　　　어린이』(겨울호, 통권 11호), 창비, 2005년.

김상욱, 『어린이 문학의 재발견』, 창비, 2006년.

김영순, 「일본적인 판타지의 세계–사토우 사토루의『아무도 모르
　　　　는 작은 나라』」, 《아동문학과 판타지》(동화와 번역연
　　　　구소, 춘계학술발표대회자료집), 2007년.

_____, 〈박숙경, 「소설 속의 어린이, 동화 속의 어린이–현덕과
　　　　츠보타 죠지 비교」에 대한 토론글〉, 자료집「현덕의 삶
　　　　과 문학세계」, 현덕 탄생 98주년 심포지엄, 2007년.

_____, 「일본 동화 장르의 변화 과정과 한국으로의 수용–일본근
　　　　대아동문학사 속에서의 흐름을 중심으로–」, 『아동청
　　　　소년문학연구』4호, 한국아동청소년문학학회, 2009년.

_____, 「일본 판타지의 현황과 의미―공존과 보호·수호가 내포한
　　　　의미를 중심으로―」, 『한국아동문학연구』제16호, 2009년.

北原白秋, 『緑の触角』, 改造社, 1929년.

中野新治, 『宮沢賢治·童話の読解』, 翰林書房, 1993년.

鳥越信, 『近代児童文学史研究』, おうふう(桜楓社), 1994년.

_____, 『たのしく読める日本児童文学(戦前編)』, ミネルヴァ書房,
　　　　2004년.

장 자크 루소, 박호성 옮김, 『에밀』, 책세상, 2003년.

リリアン・H·スミス, 石井桃子·瀬田貞二·渡辺茂男 訳, 『児童文学
　　　　論』, 岩波書店, 1964년.

松下眞一, 崔燦有訳, 『法華経と原子·物理学―いのちの力よ、湧き

あがれ』, カッパ・ブックス, 1985년.

松谷みよ子, 「このごろおもうこと」, 『日本児童文学』, 1952년 9월호.

村中李衣, 「兎の眼」, 『児童文学の魅力ーいま読む100冊・日本編』, 日本児童文学者協会, 文渓堂, 1998년.

三宅興子, 「『子どもと文学』から30年ー「世界的な児童文学の規準」は、あったのか」, 『日本児童文学』, 1991년 4월호.

_____, 『児童文学の愉楽』, 翰林書房, 2006년.

宮川健郎, 『現代児童文学の語るもの』, 日本放送出版協会, 1996년.

桜井哲夫, 『"近代"の意味 ー制度としての学校・工場』, 日本放送出版協会, 1984년.

関英雄, 「松谷みよ子論」, 『日本児童文学』, 1969년 8월호.

_____, 『坪田譲治童話研究』, 岩崎書店, 1986년.

瀬田貞二, 「空想物語が必要なこと」, 『日本児童文学』, 1958년 7・8월호.

曾我四郎, 「「だれも知らない小さな国」と私」, 『鬼ヶ島通信』1999・EAUTUMN 第34号, 鬼ヶ島通信社, 1999년 11월.

生野幸吉, 「〈グスコーブドリの伝記〉ー出現罪と空白」, 『國文学 解釈と教材の研究』, 1975년 4월.

砂田弘, 「解説…椅子がひとりで歩きだす」, 『ふたりのイーダ』, 講談社青山文庫, 1980년.

鈴木健司, 「〈ペンネンネンネンネン・ネネムの伝記〉試論ー鬼神の棲む空間ー」, 『日本文学』, 1992년 2월호.

神宮輝夫, 「日本児童文学の現状ー児童文学におけるリアリズムと

は何かー」,『日本児童文学』, 1964년 6월호.

_____,『現代児童文学作家対談1　佐藤さとる・竹崎有斐・筒井敬介』, 偕成社, 1988년.

_____,『現代児童文学作家対談6　いぬいとみこ・神沢利子・松谷みよ子』, 偕成社, 1990년.

_____,『現代児童文学作家対談7　今江祥智・上野瞭・灰谷健次郎』, 偕成社, 1992년.

天沢退ニ朗, 「〈少年〉とは誰かー四つの《少年小説》あるいは四元論の試みー」,『國文学』, 1978년 2월.

山内修,『宮澤賢治研究ノートー受苦と祈り』, 河出書房新社, 1991년.

山中恒,『子どもの本のねがい』, 日本放送出版協会, 1974년.

_____,『児童読物よ、よみがえれ』, 晶文社, 1978년.

矢崎節夫,『金子みすゞ』, JULA出版局, 1984년.

吉本隆明, 「宮沢賢治　詩と童話 (3)ー『クスコーブドリの伝記』『銀河鉄道の夜』ー」,『ちくま』, 1993년 6월.

大岡秀明, 「'失意'の求道者ー宮沢賢治試論」,『日本児童文学』, 1974년 4월호.

大塚常樹, 「グスコーブドリの伝記」,『國文学　解釈と鑑賞』, 1996년 11월.

上野瞭責任編集,『空想の部屋　叢書児童文学第3巻』, 世界思想社, 1979년.

上野瞭,『戦後児童文学論』, 理論社, 1967년.

いぬいとみこ,『子どもと本をむすぶもの』, 晶文社, 1974년.

石井直人, 「第18章多様化の時代」, 鳥越信編著, 『はじめて学ぶ日本児童文学史』, ミネルヴァ書房, 2001년.

石井桃子, いぬいとみこ, 鈴木晋一, 瀬田貞二, 松居直, 渡辺茂男, 『子どもと文学』, 福音館書店, 1967년.

이재복, 『판타지 동화 세계』, 사계절, 2001년.

池上雄三, 「〈ペンネンネンネンネン・ネネムの伝記〉ー成立年代について一」, 『國文学 解釈と鑑賞』, 1984년 11월.

임성규, 「〈일본에서의 판타지의 현황과 의미〉에 대한 토론」, 『한국아동문학학회 2009 봄 학술대회ー판타지 동화의 이론과 문학적 성과 점검ー』자료집, 2009년.

壺井栄, 『坪田譲治名作選 風の中の子供』(坪田理基男・松谷みよ子・砂だ弘編), 小峯書店, 2005년.

坪田譲治, 「魔法」, 『赤い鳥』, 1935년 1월호.

続橋達雄, 『賢治童話の展開』, 大日本図書, 1987년.

토리고에 신 엮음, 서은혜 옮김, 이선주 그림, 『일본 근대동화 선집1 도토리와 산고양이』, 창비아동문고, 2001년.

原田正文, 『小学生の心がわかる本ー低学年と高学年でちがう処方箋ー』, 農山漁村文化協会, 2001년.

하이타니 겐지로, 문용수 역, 위승희 그림, 『파리박사 데츠조』, 햇빛출판사, 1988년.

_____, 안창미 역, 이난현 그림, 『선생님의 눈물』, 웅진출판, 1995년.

畑中圭一, 「北原白秋大正自由教育の光芒」, 『芸術自由教育 別

卷』, 久山社, 1993년.

本田和子, 『変貌する子ども世界 子どものパワーの光と影』, 中央公
論新社, 1999년.

_____, 「発掘される '不遇の才媛' 金子みすゞ と尾崎翠、'同一
視へのあやかし'」, 『金子みすゞ』文藝別冊, 2000년.

히로세 히사코 글, 박영미 그림, 고향옥 옮김, 『그리고, 개구리는
뛰었다』, 주니어 김영사, 2005년.

畠山兆子, 竹内オサム, 『日本児童文学史上の7作家 小川未明浜
田広介』, 大日本図書, 1986년.

3. 인터넷 사이트 참고자료

『日本の子どもの本100選(1868-1945)』, 財団法人大阪国際
児童文学館ホームページ、, http://www.iiclo.or.jp/
100books/1868/htm/frame007.htm

「전국교직원노동조합 창립선언문」, 전국교직원노동조합, http://
www.eduhope.net/commune/view.php?board=eduhope-
256&id=5&page=1, 1989년 5월 28일.

「引き籠もり(ひきこもり)」, ウィキペディア(Wikipedia), http://
ja.wikipedia.org/wiki.

이재복, 「〈아슬아슬 삼총사〉(하나가타 미쓰루, 사계절)를 읽고」,
다음 카페 이야기밥, http://cafe.daum.net/iyagibob, 2010
년 3월 23일.

4. 전자메일 인터뷰

이경옥, 김영순, 2008년 9월 7일

이 책은 어린이 문학 전문 잡지와 학회지에 실린 글을 모아 엮은 것이다.

글이 수록되었던 출처와 게재 연도는 다음과 같으며, 이번에 단행본으로 묶으면서 일부 문장을 고치고 다듬었다.

1부 현대를 돌아보는 동화 읽기

    1장 「학교를 무대로 한 작품을 통해 본 학교, 아이, 어른-『나는 선생님이 좋아요』,『못해도 괜찮아』,『무너진 교실』을 중심으로」,『어린이와 문학』, 월간 어린이와문학, 2011.10

    2장 「소년들의 여름, 그리고 그 후 -『절뚝이의 염소』『내가 나인 것』『우리는 바다로』」,『어린이와 문학』, 월간 어린이와문학, 2009.9

    3장 「일본 리얼리즘 아동작품을 읽다」,『어린이와 문학』, 월간 어린이와문학, 2011.2

    4장 「학교, 왕따, 그 속에서 살아남기-『치에와 가즈오』『불균형』」,『어린이와 문학』,월간 어린이와문학, 2009.12

    5장 「『말하는 나무 의자와 두 사람의 이이다』에 전쟁의 본질은 구현되어 있는가」,『어린이책이야기 2009년 가을호』, 아동

문학이론과창작회, 2009.9

2부 역사를 짚어 보는 동화 읽기

1장 「일본 아동문학 속에 그려진 형제 이야기-1930년대와 1990
년대를 중심으로」, 『어린이와 문학』, 월간 어린이와문학,
2010.3

2장 「미야자와 겐지의 소년소설 〈구스코 부도리의 전기〉 연구」,
『동화와번역』, 동화와번역연구소, 2008.12

3장 「일본 판타지의 현황과 의미-공존과 보호·수호가 내포한
의미를 중심으로-」, 『한국아동문학연구 16』, 한국아동문
학학회 2009.5

3부 근대를 체험하는 동요 읽기

1장 「일본 동요로의 초대(1)-첫 동요집으로 본 기타하라 하쿠
슈, 사이죠 야소, 노구치 우죠의 동요 세계」, 『시와 동화 50』
(2009 겨울), 2009.12

2장 「일본 동요로의 초대(2)-여류 시인 가네코 미스즈의 동요
세계」, 『시와 동화 51』(2010 봄), 2010. 3

3장 「일본 동요로의 초대(3)-마키모토 구스로와 프롤레타리아
동요집」, 『시와 동화 52』(2010 여름), 2010. 6

4장 「일본 동요로의 초대(4)-일본 근대 어린이시 맛보기」, 『시와
동화 54』(2010 겨울), 2010.12

일본 아동문학 탐구
– 삶을 체험하는 책읽기

1판 1쇄 펴낸날 2014년 08월 30일

지은이 김영순

펴낸이 서채윤
펴낸곳 채륜
책만듦이 김미정
책꾸밈이 Design窓

등록 2007년 6월 25일(제25100–2007–000025호)
주소 서울 광진구 능동로23길 26
대표전화 02-465-4650 | **팩스** 02-6080-0707
E-mail book@chaeryun.com
Homepage www.chaeryun.com

책값은 뒤표지에 있습니다.
ISBN 978-89-93799-81-1 93830

이 저서는 2011년도 정부(교육부)의 재원으로 한국연구재단의 지원을 받아 연구되었음
(NRF-2011-35C-A00386)

이 도서의 국립중앙도서관 출판예정도서목록(CIP)은 서지정보유통지원시스템 홈페이지
(http://seoji.nl.go.kr)와 국가자료공동목록시스템(http://www.nl.go.kr/kolisnet)에서 이용하
실 수 있습니다. (CIP제어번호 : CIP2014024214)